刘庆邦
小传

1951 年腊月生于河南沈丘县农村。"文革"开始，跟随红卫兵大串连潮流，跑到北京、武汉、长沙、南昌、杭州、上海、南京等大城市。本应 1967 年初中毕业，在学校滞留到 1968 年才回乡当农民。当农民期间，参加过大队和公社的毛泽东思想文艺宣传队，当过河工。

1970 年 7 月，被招到河南新密煤矿当工人，先后当过采石工，搞过巷道掘进，挖过煤。1972 年谈恋爱期间，开始悄悄写小说。1972 年年底，调到矿务局宣传部当以工代干的宣传干事，从事新闻报道工作，有机会下遍全矿务局的各个矿井，写了不少人物通讯。

1978 年春天，调到北京煤炭工业部一家煤矿工人杂志当编辑。杂志改成报纸后，先当副刊编辑，后当副刊部主任。1990 年加入中国作家协会。

2001 年 11 月，调到北京作家协会当专业作家。后任北京作协副主席、中国作协全委会委员。著有长篇小说九部、中篇小说三十多部、短篇小说三百余篇。获得过鲁迅文学奖、老舍文学奖。林斤澜对他和他的小说评价是："来自平民，出自平常，贵在平实。"王安忆把他的小说与莫言的小说相比较，说："莫言是道家，刘庆邦是儒家；莫言的小说是神道，刘庆邦的小说是人道。"

本册主编　何向阳

总主编　何向阳

百年中篇小说名家经典

BAINIAN
ZHONGPIAN
XIAOSHUO
MINGJIA JINGDIAN

刘庆邦　著

神 SHEN

木 MU

河南文艺出版社

·郑州·

一种文体与
一百年的民族记忆

何向阳　（丛书总主编）

自 20 世纪初,确切地说,自 1918 年 4 月以鲁迅《狂人日记》为标志的第一部白话小说的诞生伊始,新文学迄今已走过了百年的历史。百年的历史相对于古老的中国而言算不上悠久,但 20 世纪初到 21 世纪初这个一百年的文化思想的变化却是翻天覆地的,而记载这翻天覆地之巨变的,文学功莫大焉。作为一个民族的情感、思想、心灵的记录,从小处说起的小说,可能比之任何别的文体,或者其他样式的主观叙述与历史追忆,都更真切真实。将这一百年的经典小说挑选出来，放在一起，或可看到一个民族的心性的发展，而那可能被时间与事件遮盖的深层的民族心灵的密码，在这样一种系统的阅读中，也会清晰地得到揭示。

所需的仍是那份耐心。如鲁迅在近百年前对阿Q的抽丝剥茧，萧红对生死场的深观内视，这样的作家的耐心，成就了我们今天的回顾与判断，使我们——作为这一古老民族的每一个个体，都能找到那个线头，并警觉于我们的某种性格缺陷，同时也不忘我们的辉煌的来路和伟大的祖先。

来路是如此重要，以至小说除了是个人技艺的展示之外，更大一部分是它对社会人众的灵魂的素描，如果没有鲁迅，仍在阿Q精神中生活也不同程度带有阿Q相的我们，可能会失去或推迟认识自己的另一面的机会，当然，如果没有鲁迅之后的一代代作家对人的观察和省思，我们生活其中而不自知的日子也许更少苦恼但终是离麻木更近，是这些作家把先知的写下来给我们看，提示我们这是一种人生，但也还有另一种人生，不一样的，可以去尝试，可以去追寻，这是小说更重要的功能，是文学家个人通过文字传达、建构并最终必然参与到的民族思想再造的部分。

我们从这优秀者中先选取百位。他们的目光是不同的,但都是独特的。一百年,一百位作家,每位作家出版一部代表作品。百人百部百年,是今天的我们对于百年前开始的新文化运动的一份特别的纪念。

而之所以选取中篇小说这样一种文体,也是出于这个原因。

中篇小说,只是一种称谓,其篇幅介于长篇小说和短篇小说之间,长篇的体积更大,短篇好似又不足以支撑,而介于两者之间的中篇小说兼具长篇的社会学容量与短篇的技艺表达,虽然这种文体的命名只是在 20 世纪的七八十年代才明确出现,但三四十年间发展迅速,其中的优秀作品在不同时期或年份涵盖长、短篇而代表了小说甚至文学的高峰,比如路遥的《人生》、张承志的《北方的河》、莫言的《透明的红萝卜》、韩少功的《爸爸爸》、王安忆的《小鲍庄》、铁凝的《永远有多远》等等,不胜枚举。我曾在一篇言及年度小说的序文中讲到一个观点,小说是留给后来者的"考古学",

它面对的不是土层和古物，但发掘的工作更加艰巨，因为它面对的是一个民族的精神最深层的奥秘，作家这个田野考察者，交给我们的他的个人的报告，不啻是一份份关于民族心灵潜行的记录，而有一天，把这些"报告"收集起来的我们会发现，它是一份长长的报告，在报告的封面上应写着"一个民族的精神考古"。

　　一百年在人类历史上不过白驹过隙，何况是刚刚挣得名分的中篇小说文体——国际通用的是小说只有长、短篇之分，并无中篇的命名，而新文化运动伊始直至 70 年代早期，中篇小说的概念一直未得到强化，需要说明的是，这给我们今天的编选带来了困难，所以在新文学的现代部分以及当代部分的前半段，我们选取了篇幅较短篇稍长又不足长篇的小说，譬如鲁迅的《祝福》《孤独者》，它的篇幅长度虽不及《阿 Q 正传》，但较之鲁迅自己的其他小说已是长的了。其他的现代时期作家的小说选取同理。所以在编选中我也曾想，命名"中篇小说名家经典"是否足以囊括，或者不如叫作"百年百人百部小说"，但如此称谓又是对短篇小说的掩埋和对长篇小说的漠视，还是点出

"中篇"为好。命名之事，本是予实之名，世间之事，也是先有实后有名，文学亦然。较之它所提供的人性含量而言，对之命名得是否妥帖则已显得不那么重要了。

值此新文化运动一百年之际，向这一百年来通过文学的表达探索民族深层精神的中国作家们致敬。因有你们的记述，这一百年留下的痕迹会有所不同。

感谢河南文艺出版社，感动我的还有他们的敬业和坚持。在出版业不免利益驱动的今天，他们的眼光和气魄有所不同。

2017 年 5 月 29 日　郑州

目录

一

　　冬天。 离旧历新年还有一个多月。 天上落着零星小雪。 在一个小型火车站，唐朝阳和宋金明正物色他们的下一个点子。 点子是他们的行话，指的是合适的活人。 他们一旦把点子物色好了，就把点子带到地处偏远的小煤窑办掉，然后以点子亲人的名义，拿人命和窑主换钱。 这项生意他们已经做得轻车熟路，得心应手，可以说做一项成功一项。 他们两个是一对好搭档，互相配合默契，从未出过什么纰漏。按他们的计划，年前再办一个点子就算了。 一个点子办下来，每人至少可以挣一万多块。 如果运气好的话，也许会突破两万块大关。 回老家过个肥年不成问题。

　　火车站一侧有一家敞棚小饭店，饭店门口的标牌上写着醒目的广告，卖正宗羊肉烩面、保健羊肉汤、烧饼和多种下酒小菜。 唐朝阳对保健羊肉汤产生了兴趣，他骂了一句，说："现在什么都保健，就差搞野鸡不保健了。"一位端盘子的小姑娘迎出来，称他们"两位大哥"，把他们请进棚子里坐下。 他们点了两碗保健羊肉汤和四个烧饼，却说先不要上，他们还要喝点酒。 他们的心思也不在酒上，而是在车站广场那些两条腿的动物上。 两人漫不经心地呷着白酒，嘴里有味无味地咀嚼着四条腿动物的杂碎，四只眼睛通过三面开口的敞棚，不住地向人群中睃寻。 离春节还早，人们的脚步却已显得有些匆忙。 有人提着豪华旅行箱，大步流星往车站入口处赶。 一个妇女走得太快，把手上扯着的孩子拖倒了。她把孩子提溜起来，照孩子屁股上抽两巴掌，拖起孩子再走。 一个穿红皮衣的女人，把手机捂在耳朵上，嘴里不停地说话，脚下还不停地走路。 人们来来往往，小雪在广场的地上根本存不住，不是被过来的人带走了，就是被过去的人踩化了。 待着不动的是一些讨钱的乞丐。 一个上年纪的老妇人，跪伏成磕头状，花白的头发在地上披散得如一堆乱草，头前放着一只破旧的白茶缸子，里面扔着几个钢镚子和几张毛票。 还有一个年轻女人，坐在水泥地上，腿上放着一个仰躺着的小孩子。 小孩子脸色发白，闭着双眼，不知是生病了，还是饿坏了。 年轻女人面前也放着一只讨钱用的搪瓷茶缸子。 人们来去匆匆，看见他们如看不见，很少有人往茶缸里丢钱。 唐朝阳和宋金明不能明白，元旦也好，春节也罢，只不过都是时间上的说法，又不是人的发情期，那些数不清的男人和女人，干吗为此变得慌里慌张、骚动不安呢！

　　这二人之所以没有发起出击，是因为他们暂时尚未发现明确的目标。 他们坐在小饭店里不动，如同狩猎的人在暗处潜伏，等候猎取对象出现。 猎取对象一旦出现在他们的视野之内，他们会马上兴奋起来，并不失时机地把猎取对象擒获。他们不要老板，不要干部模样的人，也不要女人，只要那些外出打工的乡下人。如果打工的人成群结帮，他们也会放弃，而是专挑那些单个儿的打工者。一般来说，那些单个儿的打工者比较好蒙，在二对一的情况下，用不了多大一会儿工夫，被利诱的打工者就如同脖子里套上绳索一样，不用他们牵，就乖乖地跟他们走了。他们没发现单个儿的打工者，倒是看见三几个单个儿的小姐，在人群中游荡。小姐打扮妖艳，专拣那些大款模样的单行男人搭讪。小姐拦在男人面前嘀嘀咕咕，搔首弄姿，有的还动手扯男人的衣袖，意思让男人随她走。大多数男人态度坚决，置之不理。少数男人趁机把小姐逗一逗，讲一讲价钱。待把小姐的热情逗上来，他却不是真的买账，撇下小姐扬长而去。只有个别男人绷不住劲，迟迟疑疑地跟小姐走了，到不知名的地方去了。唐朝阳和宋金明看得出来，这些小姐都是野鸡，哪个倒霉蛋儿要是被她们领进鸡窝里，就算掉进了黑窟窿，是公鸡也得逼出蛋来。他们跟这些小姐不是同行，不存在争行市的问题。按他们的愿望，希望每个小姐都能赚走一个男人，把那些肚里长满板油的男人好好宰一宰。

端盘子的小姑娘过来问他俩，这会儿上不上羊肉汤。

唐朝阳回过眼来，把小姑娘满眼瞅着，问："你们这里有没有保健野鸡汤？"

宋金明听出唐朝阳肚子里在冒坏汤儿，也盯紧小姑娘的嘴唇，看她怎样回答。 小姑娘腰身瘦瘦的，脖子细细的，看样子是刚从乡下雇上来的黄毛丫头，还没开过胯，还没经过大阵仗。 正是这样的生坯子，用起来才有些意思。 女人身上一旦起了软肉，就不再是柴鸡的味道，而是用化学饲料催长的肉鸡的味道。 小姑娘好看的嘴唇动了动，说她不知道有没有保健野鸡汤。

"你们饭店里有保健羊肉汤，难道就没有保健野鸡汤吗? 野鸡汤本钱也不高，比卖羊肉汤来钱快多了。"唐朝阳说。

小姑娘说，她去问一问老板，转身进屋去了。

宋金明朝唐朝阳腿杆子上踢了一下："去你妈的，别想好事儿了。 要想弄成事儿，恐怕五百块都说不下来。"

"一千块我也干!"

老板从屋里出来了，是一位少妇。 少妇身前身后都起了不少软肉，比小姑娘逊色多了。 少妇说："两位大哥真会开玩笑，你们把羊肉汤喝足了，还愁喝不到野鸡汤吗? "少妇把红嘴往旁边的洗头泡脚屋一努，说："那里面就有，想喝多久喝多久，口对口喝都没人管。"

唐朝阳看出老板娘不是个善荐儿，不再提要野鸡汤的事，说："把羊肉汤端上来吧。"

他俩注意到了，小饭店的左侧是一个挂着黑漆布帘子的放像室，一男一女堵在门口卖票收钱，四块钱放进去一位，时间不限。 门口立着一个黑色立体声音箱，以把录像带上的声音同步传播出来作为招徕。 音箱里一阵一阵传出来的大都是女人的声音，她们像是被什么东西塞住了音道，发音吐字一点也不清晰。 右侧是一家美容美发兼洗头泡脚的小屋门面，门面的大玻璃窗上写着两行红字："低位消费，到位服务。"这样的小屋唐朝阳和宋金明都进去过，别看小屋门面不大，里面的世界却深得很，往往要七拐八拐，进了旁门，还有左道，有时还要上楼下楼。 等到了单间，小姐转出来，一对一的洗和泡就可以进行了。 当然了，他们洗的是第二个头，泡的是第三只脚。

小姑娘把保健羊肉汤端上来了。 羊肉汤是用砂锅子烧的，大概因为砂锅子太烫手，小姑娘是用一个特制的带手柄的铁圈套住砂锅子，才分两次把热气腾腾的羊肉汤端上桌的。 唐朝阳和宋金明一瞅，汤汁子白浓浓的，上面洒了几滴子金黄的麻油，酽酽的老汤子的香气直往鼻腔子里钻。 二位拿起调羹，刚要把"保健"的滋味品尝一下，唐朝阳往车站广场瞥了一眼，说声："有了！"几乎是同时，宋金明也发现了他们所需要的人选，也就是来送死的点子。 二人很快地对视了一下，眼里都闪射出欣喜的光点。 这种欣喜是恶毒的。他们不约而同地把调羹放下了。 一个点子就是一堆大面值的票子，眼下，票子还带着两条腿，还会到处走动，他们决不会放过。 由于心情激动，他们急于攫取的手稍稍有些发抖，调羹放回碟子时发出了微响。 宋金明站起来了，说："我去钓他！"

如同当演员做戏一样，宋金明从敞棚小饭店出来时，没忘了带着他的一套道具，这就是一个用塑料蛇皮袋子装着的铺盖卷儿，一只式样过时的、坏了拉锁的人造革提兜。提兜的上口露出一条毛巾。毛巾脏污得有些发黑，半截在提兜里，半截在兜外耷拉着。这样的道具容易被打工者认同。

二

被宋金明跟踪的目标走过车站广场，向售票厅走去。目标的样子不是很着急，目的性似乎也不太明确。走过车站广场时，他仰起脸往天上看了一会儿，像是看一下天阴到什么程度，估计一下雪会不会下大。看到利用孩子讨钱的那个妇女，他也远远地站着看了一会儿。他没有走近那个妇女，更没有给人家掏钱。目标到售票厅并没有买票，他到半面墙壁大的列车时刻表下看看，到售票窗口转转，就出去了。目标走到门外，有一个人跟他搭话。宋金明顿时警觉起来，他担心有人撬他们的行，把他们选中的点子半路劫走。宋金明紧走两步，想接近目标，听听那人跟他们的目标说什么，以便见机行事，把目标夺过来。宋金明的担心多余了，他还没听见两人说什么，两人就错开了，一人往里，一人往外，各走各的路。

目标下了售票厅门口的水泥台阶，看见脚前扔着一个大红的烟盒，烟盒是硬壳的，看上去完好如新。目标上去一脚，把烟盒踩扁了。他没有马上抬脚，转着脖子左右环顾。

大概没发现有人注意他，他才把烟盒捡起来了。 他伸着眼往烟盒里瞅，用两个指头往烟盒里掏。 当证实烟盒的确是空纸壳子时，他仍没舍得把烟盒扔掉，而是顺手把烟盒揣进裤子口袋里去了。

这一切，宋金明都看在眼里。 目标左右环顾时，他的目光及时回避了，装作什么都没看见。 目标定是希望能从烟盒里掏出一卷子钱来，烟盒空空如也，不光没钱，连一根烟卷也不剩，未免让他的可爱的目标失望了。 通过这一细节，宋金明无意中完成了对目标的考察，他因此得出判断，这个目标是一个缺钱和急于挣钱的人，这样的人最容易上钩。 事不宜迟，他得赶快跟他的目标搭上话。

车站广场一角有一个报刊亭，目标转到那里站下了，往亭子里看着。 报刊亭三面的玻璃窗内挂满了各类花里胡哨的杂志，几乎每本杂志封面上都印有一个漂亮女人。 宋金明掏出一支烟，不失时机地贴近目标，说："师傅，借个火。"

目标回过头来，看了宋金明一眼，说他没有火。

既然没有火，宋金明就把烟夹在耳朵上走了，像是找别人借火去了。 他当然不会真走，走了几步又折回来了，对目标说："我看着你怎么有点面熟呢？"还没等目标对这个问题做出反应，他的第二个问题跟着就来了："师傅这是准备回家过年吧？"

目标点点头。

"离过年还有一个多月呢，回家那么早干什么！"

"不回家去哪儿呢？"

"我们联系好了一个矿，准备去那里干一段儿。 那里天冷，煤卖得好。 那儿回来的人说，在那个矿干一个月，起码可能挣这个数。"说着弯起一个食指勾了一个"9"。 他见目标的眼睛亮了一下，随即把代表钱数的指头收起来了。 这时，有个吸烟的人从旁边路过，他过去把火借来了。 他又掏出一支烟，让目标也点上。 目标没有接，说他不会吸烟。宋金明看出目标心存戒心，没有勉强让他吸，主动与目标拉开距离，退到一旁独立吸烟去了。 一旁有一个长方形的花坛，春夏季节，花坛里当有花儿开放，眼下是冬季，花坛里只剩下一些枯枝败叶。 有些带刺的枯枝子上，挂着随风飘扬的白塑料袋，像招魂幡一样。 花坛四周，垒有半腿高的水泥平台。 宋金明的铺盖卷儿放在地上，在台面上坐下了。 对于钓人，他是有经验的。 钓人和钓鱼的情形有相似的地方，你把钓饵上好了，投放了，就要稳坐钓鱼台，耐心等待，目标自会慢慢上钩。 你若急于求成，频频地把钓饵往目标嘴边送，很有可能会把目标吓跑。

果然，目标绕着报刊亭转了一圈，磨蹭着向宋金明挨过来。 目标向宋金明接近时，眼睛并没有看宋金明，像是无意之中走到宋金明身边去的。

宋金明暗喜，心说，这是你自己送上门来找死，可不能怨我。 他没有跟目标打招呼。

目标把一直背在肩上的铺盖卷放下来了，他的铺盖卷也是用蛇皮塑料袋子装的。 并没人作出规定，可近年来，外出打工的人几乎都是用蛇皮袋子装铺盖。 若看见一个人或一群人，背着臃肿的蛇皮袋子在路边行走，不用问，那准是从乡下出来的打工族。 蛇皮袋子仿佛成了打工者的一个标志。目标把铺盖卷放得和宋金明的铺盖卷比较接近，而且都是站立的姿势。 在别人看来，这两个铺盖卷正好是一对。 宋金明注意到了目标的这一举动。 他拿铺盖卷做道具，他的道具还没怎么耍，有人就跟他的道具攀亲来了。 有那么一瞬间，他产生了一点错觉，仿佛不是他钓人家，而是打了颠倒，是人家来钓他，准备把他钓走当点子换钱。 他在心里狠狠打了一个手势，赶紧把错觉赶走了。

目标咳了咳喉咙，问宋金明刚才说的矿在哪里。

宋金明说了一个大致的地方。

目标认为那地方有点远。

"那是的，挣钱的地方都远，近处都是花钱的地方。"

"你是说，去那里一个月能挣九百块？"

"九百块是起码数，多了就不敢说了。"

"你一个人去？"

"不，还有一个伙计，在那边等我。 我来买票。"

目标不说话了，低着头，一只脚在地上来回擦。 他穿的是一种黑胶和黑帆布粘合而成的棉鞋，这种鞋内膛较大，看上去笨头笨脑。 宋金明知道，一些缺乏自信的打工者，都愿意把有限的钱藏在这种棉鞋里。 他不知道这个家伙鞋膛里装的是不是有钱。 宋金明试探似的把目标的棉鞋盯了盯，目标就把脚收回去了，两只脚并在了一处。 宋金明看出来了，他选定的目标是一个老实蛋子。 在眼下这个世界，是靠头脑和手段挣钱。 像这种老实蛋子，虽然也有一把子力气，但到哪里都挣不到什么钱，既养活不了老婆，也养活不了孩子。 这样的笨蛋只适合给别人当点子，让别人拿他的人命一次性地换一笔钱花。

目标开始咬钩了，他问宋金明："我跟你们一块儿去可以吗？"

宋金明没有答应，他还得继续拿钓饵吊目标的胃口，让自愿上钩者把钢钩咬实，他说："恐怕不行，人家只要两个人，一下子去三个人算怎么回事。"

目标说："我去了，保证不跟你们争活儿，要是没我的活儿干，我马上回家。 我说话算话，你要是不信，我可以赌咒。"

宋金明制止了他的赌咒。 赌咒是笨人才用的办法。 笨人没办法让别人相信他，只有采取精神自残的赌咒作践自己。 赌咒算个狗屁，现在都什么时候了，谁还相信咒语？宋金明说："这事儿我说了不算，活儿是我那个伙计联系的，只能跟他说一下试试。"

宋金明领着目标往小饭店走。 走到那个头一直磕在地上的老妇人跟前，宋金明让目标等等，从口袋里掏出一把钱，抽出一张一块的，丢进老妇人的茶缸里去了。 老妇人这才抬起头来，但很快又把头磕下去，说："好人一路平安，好人一路平安……"宋金明走到那个抱孩子的年轻女人面前，一下子往茶缸里放了两块钱。 年轻女人说的话跟老妇人的话是一个模子，也是"好人一路平安"。

跟在宋金明身后的目标想跟宋金明学习，也给乞丐舍点钱，但他的手在口袋里摸索了一会儿，到底没舍得掏出钱来。

唐朝阳看见了宋金明带回的点子，故意装作看不见，只问宋金明买票了没有。

宋金明说："还没买。 这个师傅想跟咱一块儿去干活。"

唐朝阳登时恼了，说："扯鸡巴淡，什么师傅！ 我让你去买票，你带回个人来，这个人是能当票用，还是能当车坐！"

宋金明嗫嚅着，做出理亏的样子，解释说："我跟他说了不行，他还是想见见你。 不信你问问他，我说了不行没有？"

点子说："不能怨这位师傅，他确实说过不行。 我一听他说你们准备去矿上干，就想跟你们搭个伴，去矿上看看。"

"怎么，你在矿上干过？"

"干过。"

唐朝阳和宋金明很快地交换了一下眼神，唐朝阳的口气变得稍微缓和些。 他要借机把这个点子调查一下，看他都在哪个地方的矿干过，凡是他去过的矿，就不能再去，以免露出破绽，留下隐患。 唐朝阳说："看不出你还是个挖煤的老把式，你都在什么地方干过？"

点子说了两个矿名。

唐朝阳把两个矿名默记一下，又问点子："这两个矿在哪个省？"

点子说了省名。

调查完毕，唐朝阳还向点子问了一些闲话，比如这两个矿怎么样？ 能不能挣到钱？ 点子一一作了回答。 这时，唐朝阳还不松口，还在玩欲擒故纵的把戏，他说："不行呀，我看你岁数太大了，我怕人家不要你。"

点子说："我长得老相，显得岁数大。 其实我还不到四十岁。 连虚岁才三十八。"

唐朝阳没有说话，微笑着摇了摇头。

点子不知是计，顿时沮丧起来。 他垂下头，眼皮眨巴着，看样子要把眼睛弄湿。

唐朝阳看出点子在作可怜相，真想在点子面门上来一记直拳，把点子捅一个满脸开花。 这种人没别的本事，就会他妈的装装可怜相，让人恶心。 这种可怜虫生来就是给人做点子的，留着他有什么用，办一个少一个。 唐朝阳已经习惯了从办的角度审视他的点子，这好比屠夫习惯一见到屠杀对象就考虑从哪里下刀一样。 这个点子戴一顶单帽子，头发不是很厚，估计一石头下去，能把颅顶砸碎。 即使砸不碎，也能砸扁。 他还看到了点子颈椎上鼓起的一串算盘子儿一样的骨头，如果用镐把从那儿猛切下去，点子也会一头栽倒，再也爬不起来。 不过，在办的过程中，稳准狠都要做到，一点也不能大意。 他同时看出来了，这个点子是一个肯下苦力的人，这种人经过长期劳动锻炼，都有一股子笨力，生命力也比较强。 对这种人下手，必须一家伙打蒙，使他失去反抗能力，然后再往死里办。 要是不能做到一家伙打蒙，事情办起来就不能那么顺利。 想到这里，唐朝阳凶歹歹地笑了，骂了一句说："你要是我哥还差不多，我跟人家说说，人家兴许会收下你。"

宋金明赶紧对点子说："当哥还不容易，快答应当我伙计的哥吧。"

点子见事情有了转机，慌乱不知所措，想答应当哥又不敢应承。

"你到底愿意不愿意当我哥？"唐朝阳问。

"愿意，愿意。"

"哪你姓什么，叫什么？"

"姓元，叫元清平。"

"还有姓元的，没听说过。 那，老元不就是老鳖吗？"

"是的，是老鳖。"

"要当我的哥，你就不能姓元了。 我姓唐，你也得姓唐。"

唐朝阳对宋金明说："宋老弟，你给我哥起个名字。"

宋金明早就准备好了一串名字，但他颇费思索似的说："我这位老兄叫唐朝阳，这样吧，你就叫唐朝霞吧。"

唐朝阳说："什么唐朝霞，怎么跟个娘儿们名字似的。"

宋金明说："先有朝霞，后有朝阳，他是你哥，叫朝霞怎么不对？"

点子已经认可了，说："行行，我就叫唐朝霞。"

唐朝阳对宋金明说："操你妈的，你还挺会起名字，起的名字还有讲头。"他冷不丁地叫了一声："唐朝霞！"

叫元清平的人一时没反应过来，好像不知道凭空而来的唐朝霞是代表谁，有些愣怔。

"操你妈的，我喊你，你怎么不答应？"

元清平这才愣过神来，"唉唉"地答应了。

"从现在起，那个叫元清平的人已经死了，不存在了，活着的是唐朝霞，记清楚了？"

"记清楚了！"

"哥！"唐朝阳又考验似的喊了一声。

这次改名唐朝霞的人反应过来了，只是他答应得不够气壮，好像还有些羞怯。

唐朝阳认为这还差不多，"这一弄，我们成了桃园三结义了。"他招呼端盘子的小姑娘："来，再上两碗羊肉汤、四个烧饼。"

宋金明知道唐朝阳把刚才要的两碗羊肉汤都用了，却明知故问："你呢？ 你不吃了？"

唐朝阳说他刚才饿得等不及，已吃过了，这是给他们两个要的。

唐朝霞说他不吃，他刚才吃过饭了。

唐朝阳说："我们既然成了兄弟，你就不要客气。"

"吃也可以，我是当哥的，应该我花钱，请你们吃。"

唐朝阳又翻下脸子，说："你有多少钱，都拿出来！"

唐朝霞没有把钱拿出来。

"再跟我外气，你就不是我哥，你走你的阳关道，我钻我的黑煤窑！"

唐朝霞不敢再外气了。 从唐朝阳野蛮的亲切里，他感到自己遇上够哥儿们的好人了。 他哪里知道，喝了保健羊肉汤，一跟人家走，就算踏上了不归之路。

三

他们三人坐了火车坐汽车，坐火车向北，然后坐长途汽车往西扎，一直扎到深山里。 山里有了积雪，到处白茫茫的。 这里的小煤窑不少，哪里把山开肠破肚，挖出一些黑东西来，堆在雪地里，哪里就是一座小煤窑。 一些拉煤的拖拉机喘着粗气在山区路上爬行。 路况不太好，拖拉机东倒西歪，像是随时会翻车。 但它们没有一辆翻车的，只撒下一些碎煤，就走远了。 山里几乎看不见人，也没什么树木。 只能看见用木头搭成的三角井架，和矮趴趴的屋顶上伸出的烟筒。 还好，每个烟筒都在徐徐冒烟，传达出屋子里面的一些人气。 唐朝阳往来路打量了一下，嫌这里还不够偏远，带着宋金明和唐朝霞继续西行。 他胸有成竹的样子，说快到了。他们还拦了一辆拉煤的空拖拉机，爬上了后面的拖斗。 司机说："小心把你们冻成肉棍子！"唐朝阳说："冻得越硬越好，用的时候就不用吹气了。"他们又往西走了几十里，唐朝阳选了一处窑口堆煤比较少的煤窑，他们才下了路，向小煤窑走去。 接近窑口一侧的房子时，唐朝阳让宋金明和唐朝霞在外面等一会儿，他去找窑主接头。

宋金明和唐朝霞找到屋后一个背风的地方，冻得缩着脖，揣着手，来回乱走。 按以往的经验，唐朝霞没几天活头了，顶多不会超过一星期。 于是，宋金明就想跟唐朝霞说点笑话，让他在有限的日子里活得愉快些。 他问："唐朝霞，你老婆长得漂亮吗？"

"不漂亮。"

"怎么不漂亮？"

"大嘴叉子。"

"嘴大了好哇，听人说女人嘴大，下面也大，生孩子利索。 你老婆给你生了几个孩子？"

"两个，一个男孩儿，一个女孩儿。"

"男孩儿大女孩儿大？"

"男孩儿大。"

"女孩儿多大了？"

"十四。"

"让你闺女给我当老婆怎么样，我送给她一万块钱当彩礼。"

唐朝霞恼了，指着宋金明说："你，你……你骂人！"

宋金明乐了，说："操你大爷，跟你说句笑话你就当真了。我老婆成天价在家里闲着，我还娶你闺女干什么。说实话，我现在最担心的就是我老婆跟别人睡。我问你，你长年在外面跑，你老婆会不会跟别的男人干？"

"不会。"

"你怎么敢肯定不会？"

"我们那儿的男人都出来了。"

"噢，原来是这样，拔了萝卜净剩坑了。哎，你给我写个条，我去找嫂子干一盘怎么样？"

这一次唐朝霞没恼，说："想去你去呗，写条干什么！"

大约有一袋烟的工夫，唐朝阳从窑主屋里出来了，站在门口喊："哥，哥。"

宋金明和唐朝霞赶紧从屋子后面转出来，向唐朝阳走去，这时窑主也从屋里出来了。窑主上身穿着皮夹克，下身穿着皮裤，脚上还穿着深靿皮鞋，从上到下全用其他动物的皮包装起来。窑主的装束全是黑的，鼓鼓囊囊，闪着漆光。有一种食粪的甲虫，浑身上下就是这般华丽。窑主出来并不说话，嘴里咬着一个长长的琥珀色的烟嘴，烟嘴上安着点燃的香烟。 唐朝阳把唐朝霞介绍给窑主，说："这是我哥。"

窑主瞥了一眼唐朝霞，没有说话。

唐朝霞往唐朝阳身边贴了贴，说："这是我弟弟，亲弟弟。"

窑主说："废话！"

唐朝阳又把宋金明介绍给窑主，说："他是我们的老乡，跟我们一块儿来的。"

窑主把牙上咬着的烟嘴取下来，弹了一下烟灰，问："你们真的下过窑？"

三个人都说真的下过。

"最近在哪儿下的？"

唐朝阳说了一个地方。

"为什么不在那儿下了？"窑主问话的声音并不高，但里面透出步步紧逼的威严，仿佛要给外面闯进山里来的陌生人来一个下马威。

这当然难不住唐朝阳和宋金明，他们有一整套对付窑主的办法，或者说，他们干的营生就是专门从窑主口袋里挖钱，对每一个装腔作势的窑主，他们都从心里发出讥笑。 但他们表面上装得很谦卑，甚至有些猥琐，跟没见过任何世面的土包子一样。 唐朝霞就是这种样子。 不过，他的样子不是装出来的，是真的。 他已经被窑主的威严吓住了。

唐朝阳答："那个矿冒了顶，砸死了两个人。"

窑主说："死两个人算什么！ 吃饭就要拉屎，开矿就要死人，怕死就别到窑上来！"

唐朝阳连连点头称是。他确实很赞成窑主的观点，心里说："你狗日的说得真对，老子就是来给你送死人的，你等着吧！"

宋金明补充说："按说死两个人是不算什么，可是，不知怎么走漏了消息，上面的人坐着小包车到那个矿上一看，马上宣布停产整顿。"

窑主不爱听这个，他的手挥了一下，说："整顿个蛋，再整顿也挡不住死人！"

宋金明还有话要说，这些话都是经过他精心构思的，是经过实践证明行之有效的。他把这些话说出来，是要刺激一下窑主，让窑主把信息储存在脑子里。这样，就等于为下一步和窑主讲条件埋下了伏笔，到时他把伏笔稍微利用一下，窑主就得小心着，他就可以牵着窑主的鼻子走。他说："我们在那里等了几天，想跟矿主算一下账。干等长等也见不到矿主的面。后来才知道，矿主也被人家上面的人……"

窑主打断了宋金明的话。他果然受到了刺激，有些存不住气，说："咱丑话说在前面，我也不能保证我这个矿不死人。有句话说得好，要奋斗就会有牺牲。死人的事是经常发生的。当然了，谁开矿也不希望死人。这样吧，你们干两天我看看。我说行，你们就接着干。我看着不是那么回事，你们马上卷铺盖走人。这两天先不发钱，算是试工。按说我应该收你们的试工费，看你们都是远地方来的，挣点钱不容易，试工费就免了。"

三个人连说"谢谢矿主"。

下窑第一天，唐朝阳和宋金明没有动手消灭代号为唐朝霞的点子，他们把力气暂时用在消灭煤炭上了。他们一到窑底，就起了杀人的心，就想把点子办掉。但窑主要试工，他们就得先忍着。等试工结束，窑主签下一份使用他们的字据，再把点子办掉，窑主就赖不掉账了。唐朝阳和宋金明不时地交换一下眼色，他们的眼睛在黑暗里仍闪闪发光。在他们看来，窑底下太适合杀人了，简直就是天然的杀人场所。把矿灯一熄，窑底下漆黑一团，比最黑暗的夜都黑，在这里出手杀个把人，谁都看不见。别说人看不见，窑底下没有神，没有鬼，离天和地也很远，杀了人可以说神不知，鬼不知，天不知，地不知。就算杀人时会发出一些钝声，被杀者也许会呻吟，但窑底和上面的人间隔着千层岩万仞山，谁会听得见呢！窑底是沉闷的，充满着让人昏昏欲睡的腐朽和死亡气息，人一来到这里，像服用了某种麻醉剂一样，杀人者和被杀者都变得有些麻木。不像在地面的光天化日之下，杀一个人轻易就被渲染成了不得的大事。更主要的是，窑底自然灾害很多，事故频繁，时常有人竖着进来，横着出去。在窑底杀了人，很容易就可以说成天杀，而不是人杀。唐朝阳和宋金明以前就是这么干的，他们很好地利用了窑底下的自然条件，把杀人夺命的事毫无保留地推给了窑下的压力、石头或木头梁柱。这一次，他们也准备照此办理。

　　他们三个包了一个采煤掌子，打眼，放炮，用镐刨，把煤放下来，然后支棚子。他们三个人都很能干。特别是唐朝霞，定是为了表现一下自己，以赢得两个伙伴的信任，他冲在放煤前沿，干得满头大汗，一会儿都不闲着。如果单从干活的角度看，点子唐朝霞的确算得上一位挖煤的好把式。可是，挖出的煤再多，卖的钱都让窑主得了，他们才能挣多少一点钱呢！宋金明在心里对他们的点子说，对不起，只好借你的命用用。

　　负责往外运煤的是另外两个窑工，他们领来一辆骡子拉着的带胶皮轱辘的铁斗子车，装满一车，就向窑口底部拉去。把煤卸在那里，返回来再装再拉。每当空车返回来时，唐朝霞就抄起一张大锹，帮人家装车。当着运煤工的面，唐朝阳愿意表现一下对唐朝霞的亲情，他夺过唐朝霞手中的大锹，说："哥，你歇会儿，我来装。"手中没有了大锹，唐朝霞仍不闲着，用双手搬起大些的煤块往车上扔。唐朝阳对哥的爱护进一步升级，他以生气的口气说："哥，哥，你歇一会儿行不行！你一会儿不磨手，手上也不会长牙！"唐朝霞以为唐朝阳真的在爱护他，也承认唐朝阳是他弟弟，说："老弟，你放心，累不着你哥。"

　　这一天，全窑比平常日子多出了好几吨煤，窑主感到满意。

　　第二天，唐朝阳和宋金明仍没有打死点子。兄弟和哥哥的关系似乎更亲密了。窑主到他们所在的采煤掌子悄悄观察时，唐朝阳仿佛长着第三只眼睛，窑主往掌子边一站，他就知道了。但他装作什么也不知道，只是不离唐朝霞身边，左一个哥右一个哥地叫。唐朝霞正用一只铁镐刨煤帮，他一把将唐朝霞拖开了，说："哥，小心片帮！"他夺住哥手中的铁镐，要自己去刨。哥不松铁镐，说："兄弟，没事，片不了帮！"兄弟说："没事也不行，万一出点事就晚了。咱爹对咱们是咋说的，说钱挣多挣少没关系，千万要注意安全！"兄弟一提"咱爹"，当哥的也得随着往"咱爹"上想。当哥的爹已经死了，眼下要重新认一个"咱爹"，他脑子里还得转一个弯子。他转弯子时，手稍有放松，他的好兄弟就把铁镐夺过去了。唐朝阳身手矫健，镐尖刨在煤帮上像雨点一样，而落煤纷纷流泻下来，汇积如雨水。

宋金明心里明镜似的，暗骂唐朝阳真他妈的会演戏，戏越演越熟练了。他的戏演得越熟练，越充满亲情味，点子越死得不明白，窑主也会进到戏里出不来。

窑主说话了："看来你们真在别的矿上干过。"

"是矿主呀，你老人家是不是检查我们的工作来了？"唐朝阳说。

"说不上检查，随便下来看看。什么矿主矿主的，我听着怎么跟称呼地主一样，我姓姚。"

唐朝阳改称他姚矿长。

窑主身边还站着一个人，大概是窑主的随从或保镖一类的人物。窑主到窑下来，牙上还咬着那根琥珀色的长烟嘴，只是烟嘴上没有安烟。 窑主把烟嘴取下来指点着他们说："我记住了，你们俩姓唐，是弟兄俩；你姓宋。 没错吧？"

"姚矿长真是好记性。 怎么样，姚矿长能给我们一碗饭吃吗？"宋金明问。

"吃饭好说，关键是泡妞儿。 你们挣那么多钱，泡妞儿不泡？"

对这个突如其来的问题，三个人的反应不尽一致，宋金明的回答是："不泡，泡不起。"唐朝霞不知没听清还是没听懂，他问："泡什么？"唐朝阳理解，窑主这是在跟他们说笑话，透露出对他们的认可，愿意跟他们打成一片，他问："上哪儿泡？"

窑主说："哪儿不能泡！ 哪儿有水，哪儿就有妞儿，哪儿能洗脚，哪儿就能泡妞儿。"

唐朝阳说："妞儿谁不想泡，人生地不熟的，我们不敢哪。"

窑主笑了，说："那有什么可怕的，见妞儿就泡，替天行道。 替天行道你们懂不懂，这是老天爷交给你们的光荣任务。 你们要是完不成任务，或者任务完成得不好，老天爷下辈子就把你们的家伙剁掉，把你们变成妞儿，让人家泡你们。"

唐朝阳虚心地说："姚矿长这么一说，我们就懂了。 等姚矿长给我们发了饷，我们争取完成任务。"

唐朝霞像是这才把泡妞儿的话听懂了，他嘿嘿地笑着，显得很开心。

这天上了窑，窑主就让人通知他们，试工结束，他们可以在本矿干了，多劳多得，实行计件工资。工资一月一发。希望他们春节期间也不要回家，春节期间工资翻倍。

宋金明和唐朝阳找到窑主，问能不能签一个正式的用工合同。

窑主说："签什么合同，我这里从来不兴签那玩意儿。石头凿的煤窑，流水的窑工。想在我这儿挣钱，就挣。不想挣了，自有人挤着脑袋来挣。"

二人只好作罢。

四

事情不宜再拖，第四天，唐朝阳和宋金明作出决定，在当天把他们领来的点子在窑下办掉。

唐朝阳和宋金明都听说过，不管哪朝哪代，官家在处死犯人之前，都要优待犯人一下，让犯人吃一顿好吃的，或给犯人一碗酒喝。依此类推，他们也要请唐朝霞吃喝一顿，好让唐朝霞酒足饭饱地上路。这种送别仪式是在第三天晚上从窑下出来时举行的。他们三个人，乘坐一个往上拉煤的敞口大铁罐从窑底吊上来时，上面正下大雪。冬日天短，他们每天上窑，天都黑透了。今天快升到窑口时，觉得上头有些发白，以为天还没黑透呢。等雪花落在脖子里和脸上，他们才知道下大雪了。 宋金明说:"下雪天容易想家,咱们喝点酒吧。"

唐朝阳马上同意:"好,喝点酒,庆贺一下咱们顺利留下来做工的事。 咱先说好,今天喝酒我花钱,我请我哥,宋老弟陪着。 你们要是不让我花钱,这个酒我就不喝。"

不料唐朝霞坚持他要花钱,他的别劲上来了,说:"要是不让我花钱,我一滴子酒都不尝。 我是当哥的,老是让兄弟请我,我还算个人吗!"他说得有些激动,好像还咬了牙,表明他花钱的决心。

唐朝阳看了宋金明一眼,作出让步似的说:"好好好,今天就让我哥请。 长兄比父,我还得听我哥的。 反正我弟兄俩谁花钱都是一样。"

他们没有洗澡,带着满身满头满脸的煤粉子,就向离窑口不远的小饭馆走去。 窑上没有食堂,窑工们都是在独此一家的小饭馆里吃饭。 小饭馆是当地一家三口人开的,夫妻俩带着一个女儿,据说小饭馆的女老板是窑主的亲戚。 等走到小饭馆门口,他们全身上下就不黑了,雪粉覆盖了煤粉,黑人变成了白人。 女老板热情地迎上去,递给他们扫把,让他们扫身上的雪。 雪一扫去,他们又成了黑人,只是眼白和牙齿还是白的。 唐朝阳让唐朝霞点菜。 唐朝霞说他不会点。唐朝阳点了一份猪肉炖粉条、一份白菜煮豆腐、一份拆骨羊头肉,还要了一瓶白酒。 唐朝霞让唐朝阳多点几个菜,说吃饱喝饱不想家。 点好了菜,唐朝霞说他去趟厕所,出去了。

宋金明估计，唐朝霞一定是借上厕所之机，从身上掏钱去了，他的钱不是缝在裤衩上，就是藏在鞋里。宋金明没把他的估计跟唐朝阳说破。

宋金明估计得不错，唐朝霞到屋后的厕所撒了一泡尿，就蹲下身子，把一只鞋脱下来了。鞋舌头是撕开的，里面夹着一个小塑料口袋。唐朝霞从塑料口袋里剥出两张钱来，又把钱口袋塞进棉鞋舌头里去了。

菜上来了，酒倒好了，唐朝霞说喝吧，那二人却不端杯子。唐朝阳看着唐朝霞说："你是当哥的，今天又是你花钱，你不喝谁敢喝。"宋金明附和唐朝阳说："你是朝阳的哥，就等于是我的哥，千里来走窑，这是咱们的缘分哪！大哥，你说两句吧。"

唐朝霞眨巴眨巴黑脸上的眼睛，喉咙里吭哧了一会儿才说："我不会说话呀，我说啥呢，你们两个都是好人，我遇上好人了，天底下还是好人多呀。从今以后，咱弟兄们同甘苦，共患难，来，咱们一块喝，喝起。"唐朝霞把一杯酒喝干了，摇摇头，说他不会喝酒，喝两杯就上头。

唐朝阳和宋金明计划好了要"优待"他们的点子一下，用酒肉给点子送行，他们当然不会放过点子唐朝霞。于是，这两个笑容满面的恶魔，轮番把点子喊成大哥，轮番向点子敬酒。等不到明天这个时候，他们的点子就该上西天去了，他们已提前看到了这一点。在敬酒的时候，他们话后面都有话，像是对活人说的，又像对死人的魂灵说的。一个说：

"大哥，我敬你一杯，喝了这杯你就舒服了。"另一个说："大哥，我敬你一杯，喝了这杯，你就能睡个踏实觉，就不想家了。"一个说："大哥，我再敬你一杯，喝了这杯，我有什么做得不对的地方，你就可以原谅我了。"另一个说："大哥，我再敬你一杯，我祝你早日脱离苦海，早日成仙。"唐朝霞的舌头已经发硬，他说："喝，死……死我也要喝……"唐朝霞提到了死，跟那两个人心中的阴谋对了点子，两个人不免吃了一惊，互相看了一下。

唐朝阳突然抱住唐朝霞的一只手，很动感情地对唐朝霞说："哥，哥，我对你照顾得不好，我对不起你呀！"

唐朝霞大概受到了感染，加上他喝多了酒，真把唐朝阳当成自己一娘同胞的亲兄弟了，他说："兄弟，我看你是喝多了，不是兄弟你对不起哥，是哥对你照顾不周，对不起你呀！"唐朝霞说着，两眼竟流出了泪水。泪水把眼圈的煤粉冲洗掉了，眼圈显得特别红。

女老板和女儿见他们说着外乡话，交谈得这么动感情，站在灶间门里向他们看着。女老板对女儿说："这弟兄俩真够亲的。"

唐朝阳和宋金明把唐朝霞架着拖进做宿舍用的一眼土窑洞里，唐朝霞往铺着谷草垫子的地铺上一瘫软，就睡去了。雪停了，灰白的寒光一阵阵映进窑洞。唐朝阳也睡了。宋金明担心唐朝霞因饮酒过度会死过去，那样，他们千里迢迢弄来的点子就作废了，他们就会空欢喜一场。他把点子的脸扭得迎着门口的雪光，用巴掌拍着点子死灰般的脸，说："哎，哥们儿，醒醒，起来脱了衣服睡，你这样会着凉的。"点子没有反应。 他又把点子看了看，看到了点子脚上穿着的棉鞋。 他心生一计，脱下点子的棉鞋试一试，看看点子的钱是不是藏在棉鞋里。 他先给点子盖上被子，说："盖上被子睡。 来，我帮你把鞋脱掉。"他两手抓住点子的一只鞋刚要往下脱，点子脚一蹬，把他蹬开了。 点子嘴里还含混不清地说了一句什么。 宋金明顿时有些激动，他试出来了，点子没有死。 更重要的是，点子的钱藏在鞋里是毫无疑问的了。这个秘密他不能让唐朝阳知道，等把点子办掉后，他要相机把点子藏在鞋里的钱取出来，自己独得。 这时，唐朝阳说了一句话，唐朝阳说："睡吧，没事儿。"宋金明的一切念头正在鞋里，唐朝阳猛地一说话，把他吓了一跳。 在那一瞬间，他产生了一点错觉，仿佛他正从鞋里往外掏钱，被唐朝阳看见了。 为了赶走错觉，他问唐朝阳："你还没睡着吗？"唐朝阳没有吭声。 他不能断定，刚才唐朝阳说的是梦话，还是清醒的话。 也许唐朝阳在睡梦里，还对他睁着一只眼呢，他对这个阴险而歹毒的家伙还是多加小心才是。

说来他们把点子办掉的过程很简单，从点子还是一个能打能冲的大活人，到办得一口气不剩，最多不过五分钟时间，称得上干脆、利索。

人世间的许多事情都是这样，准备和铺垫花的时间长，费的心机多，结果往往就那么一两下子就完事了。 十月怀胎，一朝分娩，说的就是这个意思。

在打死点子之前，他们都闷着头干活，彼此之间说话很少。唐朝阳没有再和生命将要走到尽头的点子表示过多的亲热，没有像亲人即将离去时做的那样，问亲人还有什么话要说。他把手里的镐头已经握紧了，对唐朝霞的头颅瞥了一次又一次。在局外人看来，他们三个哥们儿昨晚把酒喝兴奋了，今天就难免有些压抑和郁闷，这属于正常。

宋金明还是想把心情放松一下，他冒出了一句与办掉点子无关的话，说："我真想逮个女人操一盘！"

前面说过，唐朝阳和宋金明的配合是相当默契的，唐朝阳马上理解了宋金明的用意，配合说："想操女人，想得美！我在煤墙上给你打个眼，你干脆操煤墙得了。要不这么着也行，一会儿等运煤的车过来了，咱瞅瞅拉车的骡子是公还是母，要是母骡子的话，我和我哥把你送进骡子的水门里得了！"

宋金明说："行，我同意，谁要不送，谁就是骡子操的。"

二人一边说笑，一边观察点子，看点子唐朝霞笑不笑。唐朝霞没有笑。今天的唐朝霞，情绪不大对劲，像是有些焦躁。唐朝阳打了一个眼，他竟敢指责唐朝阳把眼打高了，说那样会把天顶的石头崩下来。唐朝阳当然不听他那一套，问他："是你技术高还是我技术高？"

唐朝霞倔头倔脸，说："好好，我不管，弄冒顶了你就不能了。"

"我就是要弄冒顶，砸死你！"唐朝阳说。

宋金明没料到会出现这种局面。唐朝阳这样说话，不是等于露馅了吗？他喝住唐朝阳，质问他："你怎么说话呢？有对自己的哥哥这样说话的吗？你说话知道不知道轻重？不像话！"

唐朝霞赌气退到一边站着去了，嘴里嘟囔着说："砸死我，我不活，行了吧！"

唐朝阳的杀机被点子的话提前激出来了，他向宋金明递了个眼色，意思是他马上就动手。他把铁镐在地上拖着，在向点子身边接近。

宋金明制止了他，宋金明说："运煤的车来了。"

唐朝阳听了听，巷道里果然传来了骡子打了铁掌的蹄子踏在地上的声响。亏得宋金明清醒，在办理点子的过程中，要是被运煤的撞见就坏事了。

运煤的车进来后，唐朝霞就不赌气了，抄起大锨帮人家装煤。这是这个人的优点，跟人赌气，不跟活儿赌气，不管怎样生气也不影响干活儿。如此肯干的好劳动力，撞在两个黑了心的人手里，真是可惜了。

骡子的蹄声一消失，两个人就下手了。宋金明装着无意之中把点子头上戴的安全帽和矿灯碰落了。他这是在给唐朝阳创造条件，以便唐朝阳直接把镐头击打在点子脑袋上，一家伙把点子结果掉。唐朝阳心领神会，不失时机，趁点子弯腰低头捡安全帽，他镐起镐落，一下子击在点子的侧后脑上。他用的不是镐尖，镐尖容易穿成尖锐的伤口，使人怀疑是他杀。他把镐头翻过来，使用镐头的铁库子部分，将镐头变成一把铁锤，这样怎样击打出现的都是钝伤，都可以把责任推给不会说话的石头。当铁镐与点子的头颅接触时，头颅发出的是一声闷响，一点也不好听。人们形容一些脑子不开窍的人，说闷得敲不响，大概就是指这种声音。别看声音不响亮，效果却很好，点子一头拱在煤窝里了。

点子唐朝霞没有喊叫，也没有发出呻吟，他无声无息地就把嘴巴啃在他刚才刨出的黑煤上了。他尽力想把脸侧转过来，看一看究竟发生什么事，但他的努力失败了。他的脸像被焊在煤窝里一样，怎么也转不动。还有他的腿，大概想往前爬，但他一蹬，脚尖那儿就一滑。他的腿也帮不上他的忙了。

紧接着，唐朝阳在他"哥哥"头上补充似的击打了第二镐、第三镐、第四镐。当唐朝阳打下第二镐时，唐朝霞竟反弹似的往前蹿了一下，蹿得有一尺多远，可把唐朝阳和宋金明吓坏了。不过他们很快发现，这不过是唐朝霞在做垂死挣扎，连第三镐、第四镐都是多余。因为唐朝霞在蹿过之后，腿杆子就抖索着往直里伸，当直得不能再直，突然间就不动了。正如平常人们说的，他已经"蹬腿"了。

尽管如此，宋金明还是搬起一块石头，重重地砸在唐朝霞头上了。这一石头，他是在为自己着想，是为下一步的效益平均分配打下更坚实的基础。 石头砸下去后，就压在唐朝霞头上没有弹起来。 有血从石头底下流出来了，静静地，流得不慌不忙，看样子血的浓度不低。 血的颜色一点也不鲜艳，看上去不像是红的，像是黑的。 在矿灯的照耀下，血流的表面发出一层蓝幽幽的光。 在不通风的采煤掌子，一股腥气迅速弥漫开来。

唐朝阳和宋金明对视了一下，脸上露出胜利的微笑。

这是他们联手办掉的第三个点子。

不知出于何种心理，宋金明上去把压在唐朝霞后脑上的石头用脚蹬开了，并把唐朝霞的身子翻转过来。 刚把唐朝霞的身子翻得仰面朝上，宋金明就有些后悔，他看见，唐朝霞的双眼是睁着的，睁得比平时要大。 他说："看什么看，再看你也不认识我们。"他抓起煤面子往唐朝霞两只眼睛上撒。 奇怪，煤面子撒在唐朝霞眼上，唐朝霞的眼睛不光眨都不眨，好像睁得更大了。 唐朝霞的眼球上好像有一层玻璃质，煤面子一落上去就自动滑脱了。 无奈，宋金明只得又把唐朝霞翻得眼睛朝下。

这时，唐朝阳跟宋金明开了一个不合时宜的玩笑，他说："我哥记住你了，小心我哥到阴间跟你算账！"

宋金明骂了唐朝阳一句狠的，还说："闭上你那不长牙的竖嘴！"

为了使事情做得更逼真，他们又往顶板上轰了一炮，轰下许多石头来，让石头埋在唐朝霞身上。 这样一制造，不管让谁看，都得承认唐朝霞是死于冒顶事故。

五

运煤的车返回来后，唐朝阳刚听到一点骡子的蹄声，就嘶声喊叫起来："哥，哥，你在哪儿呀？……"

宋金明迎着运煤的车跑过去，说："快快，掌子面冒顶了，唐朝阳的哥哥埋进去了！"

两个运煤的窑工二话没说，丢下骡子车，让骡子自己拉着走，他们跑着，随宋金明到掌子面去了。

唐朝阳一边扒石头，一边哭喊："哥，哥，你千万别出事！哥，哥，你听见了吗？你一定要挺住！"

宋金明和两个运煤的窑工也扑上去帮着扒。其中一个窑工安慰唐朝阳说："别哭别哭，你哥哥兴许还有救。"

骡子自己拉着铁斗子车到掌子面来了，到了掌子面它就站下了。骡子似乎对人类之间的小伎俩早就看透了，它不愿多看，也不屑于看。它目光平静，一副超然的神态。

唐朝霞被扒出来了，唐朝阳把他扶得坐起来，晃着他的膀子喊："哥，你醒醒！哥，你说话呀！哥，我是朝阳，我是你弟弟朝阳呀……"

这趟车没有装煤，他们把喊不应的唐朝霞抬到车斗子里，由唐朝阳怀抱着，向窑口方向拉去。把唐朝霞放进铁罐里往地面上提升时，唐朝阳和宋金明都同时上去了。铁罐提到半道，宋金明捅了唐朝阳的肚子一下，提醒他注意流眼泪。唐朝阳说："去你妈的，你还怪舒服呢！"铁罐一见天光，唐朝阳复又哭喊起来，他这次喊的是"救命啊，快救命——"在窑上的人听来，像是唐朝阳自己的生命受到了严重威胁。

窑主听见呼救跑过去了，问怎么回事。窑主并不显得十分慌张，手里还拿着烟嘴和烟。宋金明从铁罐里翻出来了，唐朝阳搂抱着唐朝霞的脖子，一时还没出来。唐朝阳弄得满身是血，脸上也有血。在光天化日之下，血显得比较红了。唐朝阳没有立即回答窑主的问话，而是把唐朝霞搂得更紧些，哭着对唐朝霞说："哥，你醒醒，矿长来了，救命恩人来了！"他这才对矿长说："我哥受伤了，赶快把我哥送医院，救救我哥的命！"

窑主转身问宋金明怎么回事。

宋金明受冻不过似的全身抖索着，嘴唇子苍白得无一点血色，说："掌子面冒顶了，把唐朝霞埋进去了。我和唐朝阳，还有两个运煤工，扒了好大一会儿才把唐朝霞扒出来。我们是一块儿出来的，要是唐朝霞有个好歹，我们怎么办呢！"他声音颤抖着，流出了眼泪。

唐朝阳和宋金明是交叉感染，互相推动。见宋金明流了眼泪，唐朝阳做悲做得更大些："哥，哥呀，你这是怎么啦？你千万不能走呀！你赶快回来，咱们回去过年，咱不在这儿干了……"他痛哭失声，眼泪流得一塌糊涂。

听见哭声，窑上的其他工作人员，在窑洞里睡觉的窑工，还有小饭馆的一家人，都跑过来了。窑主让人快拿副担架来，把受伤的人抬出来，放到担架上。他挥着手，让别的人都散开，该干什么干什么，这里没什么可看的。围观的人都没有散开，他们退后了一两步，又都站下了。

唐朝霞被放置在担架上之后，唐朝阳还是嚷着赶快把他哥送医院抢救。一个围观的人说："不行了，肯定没救了，头都砸得瘪进去了，再抢救也是白搭。"

小饭馆的女老板看见唐朝霞大睁着的眼睛，吓得惊叫一声，急忙掩口，说："哎呀，吓死我了，还不赶快把他的眼皮给他合上。"

窑主猛吸了两口烟，蹲下身子，颇为内行似的给唐朝霞把脉，同时看了看唐朝霞的眼睛。把完脉，看完眼睛，窑主站起来了，说："脉搏一点儿也没有了，瞳孔也放大了，看来人是不行了。"窑主着两个人把死者抬到澡塘后面那间小屋里去。

唐朝阳像是不同意窑主作出的结论，哭嚷着："不，不，我哥昨天还好好的，我们还一块儿喝酒，怎么说不行就不行了呢？"

窑主说："这要问你们自己，你们说自己技术多么高，结果怎么样？刚干几天就冒了顶，就给我捅了这么大的娄子。"

唐朝阳和宋金明都听见了，窑主把他们的说法接过去了，也说事故是冒顶造成的。 这说明，他们已经初步把自以为是的窑主蒙住了，窑主没有怀疑唐朝霞的死因。 这使他们甚感欣慰和踏实。

宋金明把冒顶的说法又强调了一下，他说："谁愿意让冒顶呢，谁也不愿意让冒顶。 矿长对我们不错，我们正想好好干下去，谁想到会出这么大的事呢！"

澡塘后面的小屋是一间空屋，是专门停尸用的，类似医院的太平间。 唐朝霞被放在停尸间后，那些围观的人也跟过去了。 窑主发了脾气，说："你们谁他妈的不走，我就把谁关进小屋里去，让谁在这里守灵！"那些人这才退走了。

小屋有门无窗，屋前屋后都是雪。 门是板皮钉成的，发黑的板皮上写着两个粉笔字：天堂。 门口下面也积有一些雪。 小屋够冷的，跟冰窖差不多，尸体在这里放几天不成问题。

窑主让一个上岁数的人把死者的眼睛处理一下，帮死者把眼皮合上。 那人把两只手掌合在一起快速地搓，手掌搓热后，分别捂在死者的两只眼睛上暖，估计暖得差不多了，就用手掌往下抿死者的眼皮。 那人暖了两次，抿了两次，都没能把死者的眼皮合上。

唐朝阳借机又哭："我哥这是挂念家里亲人，挂念俺爹俺娘，挂念俺嫂子，还有侄子侄女儿。 我哥他死得太惨了，他这是死不瞑目啊！"他对宋金明说："你快去找地方打个电报，叫俺爹来，俺嫂子来，俺侄子也来。 天哪，我怎么跟家里人交代，我真该死啊！"

宋金明答应找地方去打电报，低着头出去了。他没看窑主，他知道窑主会跟在他后面出来的。果然，他刚转过小屋的屋角，窑主就跟出来了，窑主问他准备去哪里打电报。宋金明说他也不知道。窑主说只有到县城才能打电报，县城离这里四十多里呢！宋金明向窑主提了一个要求，矿上能不能派人骑摩托车把他送到县城去。他看见一个大型的红摩托天天停在窑主办公室门口。窑主没有明确拒绝他的要求，只是说："哎，咱们能不能商量一下。你看有必要让他们家来那么多人吗？"窑主让宋金明到他办公室去了。

宋金明心里明白，他们和窑主关于赔偿金的谈判已正式拉开了序幕，谈判的每一个环节都关系到所得赔偿金的多寡，所以每一句话都要斟酌。他把注意力重新集中了一下，说："我理解唐朝阳的心情，他主要是想让家里亲人看他哥最后一眼。"

窑主还没记清死者的名字叫什么，问："唐朝阳的哥哥叫什么来着？"

"唐朝霞。"

"唐朝阳作为唐朝霞的亲弟弟，完全可以代表唐朝霞的亲属处理后事，你说呢？"

"这个事情你别问我，人命关天的事，我说什么都不算，你只能去问唐朝阳。"

说话间唐朝阳满脸怒气地进来了，指责宋金明为什么还不快去打电报。

宋金明说:"我现在就去。路太远,我想让矿长派摩托车送送我。"

"坐什么摩托,矿的摩托能是你随便坐的吗?你走着去,我看也走不大你的脚。你还讲不讲老乡的关系,死的不是你亲哥,是不是?"

窑主两手扶了扶唐朝阳的膀子,让唐朝阳坐。唐朝阳不坐。窑主说:"小唐,你不要太激动,听我说几句好不好。你的痛苦心情我能理解,这事搁在谁头上都是一样。事故出在本矿,我也感到很痛心。可是,事情已经出了,咱们光悲痛也不是办法,总得想办法尽快处理一下才是。我想,你既然是唐朝霞的亲弟弟,完全可以代表你们家来处理这件事情。我不是反对你们家其他成员来,你想想,这大冷的天,这么远的路,又快该过年了,让你父亲、嫂子来合适吗?再累着冻着他们就不好了。"

唐朝阳当然不会让唐朝霞家里的人来,他连唐朝霞的家具体在哪乡哪村还说不清呢。但这个姿态要做足,在程序上不能违背人之常情。同时,他要拿召集家属前来的事吓唬窑主,给窑主施加压力。他早就把一些窑主的心思吃透了,窑上死了人,他们最怕张扬,最怕把事情闹大。你越是张扬,他们越是捂着盖着。你越是要把事情闹大,他越是害怕,急于把大事化小,小事化了。别看窑主一个两个牛气哄哄的,你牵准了他的牛鼻子,他就牛气不起来,就得老老实实跟你走。 更重要的是，他们这一闹腾，窑主一跟着他们的思路走，就顾不上深究事故本身的细节了。 唐朝阳说："我又没经过这么大的事，不让俺爹俺嫂子来怎么办呢？ 还有我侄子，他要是跟我要他爹，我这个当叔的怎么说？"唐朝阳又提出一个更厉害的方案，说："不然的话，让我们村的支书来也行。"

窑主当即拒绝："支书跟这事没关系，他来算怎么回事，我从来不认识什么支书不支书！"窑主懂，只要支书一来，就会带一帮子人来，就会说代表一级组织如何如何。 不管组织大小，凡事一沾组织，事情就麻烦了。 窑主对唐朝阳说："这事你想过没有，你们那里来的人越多，花的路费越多，住宿费、招待费开销越大，这些费用最后都要从抚恤金里面扣除，这样七扣八扣，你们家得的抚恤金就少了。"

唐朝阳说："我不管这费那费，我只管我哥的命。 我哥的命一百万也买不来。 我得对得起我哥！"

"你要这么说，咱就不好谈了！"窑主把吸了一半的烟从烟嘴上揪下来，扔在地上，踏上一只脚蹍碎，自己到门外站着去了。

唐朝阳没再坚持让宋金明去打电报，他又到停尸的小屋哭去了。 他哭的声音很大，还把木门拍得山响："哥，哥呀，我也不活了，我跟你走。 下一辈子，咱俩还做弟兄……"

窑主又回到屋里去了，让宋金明去征求一下唐朝阳的意思，看唐朝阳希望得到多少抚恤金。宋金明去了一会儿，回来对窑主说，唐朝阳希望得到六万。窑主一听就皱起了眉头，说："不可能，根本不可能，简直是开玩笑，干脆把我的矿全端给他算了。哎，你跟唐朝阳关系怎样？"

"我们是老乡，离得不太远。我们是一块儿出来的。唐朝阳这人挺老实的，说话办事直来直去。他哥更老实。他爹怕他哥在外边受人欺负，就让他哥俩一块儿出来，好互相有个照应。"

"你跟唐朝阳说一下，我可以给他出到两万，希望他能接受。我的矿不大，效益也不好，出两万已经尽到最大能力了。"

宋金明心里骂道："去你妈的，两万块就想打发我们，没那么便宜！四万块还差不多。"他答应跟唐朝阳说一下试试。宋金明到停尸屋去了一会儿，回来跟窑主说，唐朝阳退了一步，不要六万了，只要五万块，五万块一分也不能少了。窑主还是咬住两万块不长价，说多一分也没有。事情谈不下去，宋金明装作站在窑主的立场上，给窑主出了个主意，他说："我看这事干脆让县上煤炭局和劳动局的人来处理算了，有上面来的人压着头，唐朝阳就不会多要了，人家说给多少就是多少。"

窑主把宋金明打量了一下说："要是通过官方处理，唐朝阳连两万也要不到。"

宋金明说："这话不该我说，让上面的人来处理，给唐朝阳多少，他都没脾气。 这样你也省心，不用跟他费口舌了。"

宋金明拿出了谈判的经验，轻轻几句话就打中了窑主的痛处。 窑主点点头，没说什么。 窑主万万不敢让上面的人知道他这里死了人，上面的人要是一来，他就惨了。 九月里，他矿上砸死了一个人，不知怎么走漏了消息，让上面的人知道了。 小车来了一辆又一辆，人来了一拨又一拨，又是调查，又是开会，又是罚款，又是发通报，可把他吓坏了。电视台的记者也来了，扛着"大口径冲锋枪"乱扫一气，还把"手榴弹"捣在他嘴前，非要让他开口。 在哪位来人面前，他都得装孙子。 对哪一路神，他都得打点。 那次事故处理下来，光现金就花了二十万，还不包括停产造成的损失。 临了，县小煤窑整顿办公室的人留下警告性的话，他的矿安全方面如果再出现重大事故，就要封他的窑，炸他的井。 警告犹在耳边，这次死人的事若再让上面的人知道，花钱更多不说，恐怕他的矿真得关张了。 须知快该过年了，人人都在想办法敛钱。 县上的有关人员正愁没地方下蛆，他们要是知道这个矿死了人，不争先恐后来个大量繁殖才怪。 所以窑主做的第一件事就是封锁消息。 他给矿上的亲信开了紧急会议，让他们分头把关，在死人的事作出处理之前，任何人不许出这个矿，任何人不得与外界的人发生联系。 矿上的煤暂不销售，以免外面来拉煤的司机把死人的消息带出去。特别是对唐朝阳和宋金明，要好好"照顾"他们，让他们吃好喝好，一切免费供应。 目的是争取尽快和唐朝阳达成协议，让唐朝阳早一天签字，把唐朝阳哥哥的尸体早一天火化。

六

当晚，唐朝阳和宋金明不断看见有人影在窑洞外面游动，心里十分紧张，大睁着眼，不敢入睡。 唐朝阳小声问宋金明："他们不会对咱俩下毒手吧？"宋金明说："敢，无法无天了呢！"宋金明这样说，是给唐朝阳壮胆，也是为自己壮胆，其实他自己也很恐惧。 他们可以把别人当点子，一无仇二无冤地把无辜的人打死，窑主干吗不可以一不做二不休地把他们灭掉呢！ 他们打死点子是为了赚钱，窑主灭掉他们是为了保钱，都是为了钱。 他们打死点子，说成是冒顶砸死的。 窑主灭掉他们，也可以把他们送到窑底过一趟，也说成是冒顶砸死的。 要是那样的话，他们可算是遭到报应了。宋金明起来重新检查了一下门，把门从里面插死。 窑洞的门也是用板皮钉成的，中间裂着缝子。 门脚下面的空子也很大，兔子样的老鼠可以随便钻来钻去。 宋金明想找一件顺手的家伙，作为防身武器。 瞅来瞅去，窑洞里只有一些垒地铺用的砖头。 他抓起一块整砖放在手边，示意唐朝阳也拿一块。 他们把窑洞里的灯拉灭了，这样等于把他们置于暗处，外面倘有人向窑洞接近，他们透过门缝就可以发现。

　　果然有人来了，勾起指头敲门。唐朝阳和宋金明顿时警觉起来，宋金明问："谁？"

　　外面的人说："姚矿长让我给你们送两条烟，请开门。"

　　他们没有开门，担心这个人是个前哨，等这个人把门骗开，埋伏在门两边的人会一拥而进，把他们灭在黑暗里。宋金明答话："我们已经睡下了，我们晚上不吸烟。"

　　送烟的人摸索着从门脚下面的空子把烟塞进窑洞里去了。

　　宋金明爬过去把塞进去的东西摸了摸，的确是两条烟，不是炸药什么的。

　　停了一会儿，又过来两个黑影敲门。唐朝阳和宋金明同时抄起了砖头。

　　敲门的其中一人说话了，竟是女声，说："两位大哥，姚矿长怕你们冷，让我俩给两位大哥送两床褥子来，褥子都是新的，两位大哥铺在身子底下保证软和。"

　　宋金明不知窑主搞的又是什么名堂，拒绝说："替我们谢谢姚矿长的关心，我们不冷，不要褥子。"二人悄悄起来，蹑足走到门后，透过门缝往外瞅，见门外抱褥子站着的果真是两个女人。两个女人都是肥脸，在夜里仍可以看见她们脸上的一层白。

　　另一个女人说话了，声音更温柔悦耳："两位大哥，我们姐妹俩知道你们很苦闷，我们来陪你们说说话，给你们散散心，你们想做别的也可以。"

二人明白了，这是窑主对他们搞美人计来了，单从门缝里扑进来的阵阵香气，他们就知道了两个女人是专门吃男人饭的。要是放她们进来，铺不铺褥子就由不得他们了。宋金明拉了唐朝阳一下，把唐朝阳拉得退回到地铺上，说："你们少来这一套，我们什么都不需要！"

那个说话温柔的女人开始发嗲，一再要求两位大哥开门，说："外面好冷哟，两位大哥怎忍心让我们在外面挨冻呢！"

宋金明扯过唐朝阳的耳朵，对他耳语了几句。唐朝阳突然哭道："哥，你死得好惨哪！哥，你想进来就从门缝里进来吧，咱哥俩还睡一个屋……"

这一招生效，那两个女人逃跑似的离开了窑洞门口。

夜长梦多，看来这个事情得赶快了结。宋金明和唐朝阳商定，明天把要求赔偿抚恤金的数目退到四万，这个数不能再退了。

第二天双方关于抚恤金的谈判有进展，唐朝阳忍痛退到了四万，窑主忍痛加到了两万五。别看从数目上他们是一个进一个退，实际上他们是逐步接近。好比两个人谈恋爱，接近到一定程度，两个人就可以拥抱了。可他们接近一步难得很，这也正如谈恋爱一样，每接近一步都充满试探和较量。到了四万和两万五的时候，唐朝阳和窑主都坚守自己的阵地，再次形成对峙局面。谈判进展不下去，唐朝阳就求救似的到停尸间去哭诉，历数哥死之后，爹娘谁来养老送终，侄子侄女谁来抚养，等等。 功夫下在谈判外，不是谈判，胜似谈判，这是唐朝阳的一贯策略。

第三天，窑主一上来就单独做宋金明的工作，对他俩进行分化瓦解。 窑主把宋金明叫成老弟，让"老弟"帮他做做唐朝阳的工作，今后他和宋金明就是朋友了。 宋金明问他怎么做。 窑主没有回答，却从口袋里掏出一沓钱来，说："这是一千，老弟拿着买烟抽。"

宋金明本来坐着，一看窑主给他钱，他害怕似的站起来了，说："姚矿长，这可不行，这钱我万万不敢收，要是唐朝阳知道了，他会骂死我的。 不是我替唐朝阳说话，你给他两万五抚恤金是少点儿。 你多少再加点儿，我倒可以跟他说说。"

窑主把钱扔在桌子上说："我给他加点儿是可以，不过加多少跟你也没关系，他不会分给你的，是不是？"

宋金明心里打了个沉，说："这是他哥的人命钱，就是他分给我，我也不会要。"

他问窑主："你打算给他加到多少？"

窑主伸出三个手指头，说："这可是天价了。"

宋金明的样子很为难，说："这个数离唐朝阳的要求还差一万，我估计唐朝阳不会同意。"

窑主笑了笑，说："要不怎么请老弟帮我说说话呢，我看老弟是个聪明人，唐朝阳也愿意听你的话。"

窑主这样说，让宋金明吃惊不小。 窑主怎么看出他是聪明人呢？怎么看出唐朝阳愿意听他的话呢？难道窑主看出了什么破绽不成？他说："姚矿长的话我可不敢当，看来我应该离这个事远点。要不是唐朝阳非要拽着我等他两天，我前天就走了。"

窑主让宋金明坐下，说："老弟多心了，我不是那个意思。"

宋金明刚坐下，窑主又从口袋里掏出一沓钱，把放在桌子上的钱拿起来合在一块儿，说："这是两千，算是我付给老弟的受惊费和辛苦费，行了吧。我当然不会让唐朝阳知道，也不会让任何人知道，你放心就是了。"说着，扯过宋金明的衣服口袋，把钱塞进宋金明口袋里去了。

这次宋金明没有拒绝。他在肚子里很快地算了一个账，三万加两千，实际上是三万二。三万他和唐朝阳平均分，每人可得一万五。他多得两千，等于一万七，这样离预定的两万的目标相差不太远了。让他感到格外欣喜的是，这两千块钱是他的意外收获，而唐朝阳连个屁都闻不见。上次他们办掉的一个点子，满打满算一共才得了两万三千块，平均每人才一万多一点。这次赚的钱比上次是大大超额了。宋金明已认同了这个数，但他不能说，勉强答应帮窑主到唐朝阳那里做做工作。

宋金明把唐朝阳的工作做通了，唐朝阳只附加了一个要求，火化前给他哥换一身新衣服，穿西装，打领带。窑主答应得很爽快，说："这没问题。"窑主握了宋金明的手，握得很有力，仿佛他们两个结成了新的同盟，窑主说："谢谢你呀，宋老弟。"宋金明说："姚矿长，我们到这里没作出什么贡献，反而给矿上造成了损失，我们对不起你呀！"

窑主骑上他的大红摩托车到县里银行取现金，唐朝阳和宋金明在窑洞里如坐针毡，生怕再出什么变故。窑主是上午走的，直到下午太阳偏西时才回来。窑主像是喝了酒，脸上黑着，满身酒气。窑主对唐朝阳说："上面为防止年前突击发钱，银行不让取那么多现金。这些钱是我跑了好几个地方跟朋友借来的。"他拿出两捆钱排在桌子上，说："这是两万。"又拿出一沓散开的钱，说："这是八千，请你当面点清。"

唐朝阳把钱摸住，问窑主："不是讲好的三万吗，怎么只给两万八？"

窑主顿时瞪了眼，说："你这个人讲不讲道理？考虑不考虑实际情况？就这些钱还是我借来的，不就是他妈的短两千块钱吗？怎么着，把我的两根手指头剁下来给你添上吧！"说着看了旁边的宋金明一眼。

宋金明一听就知道上了窑主的当了，窑主先拿两千块钱堵了他的嘴，然后又把两千块钱从总数里扣下来了。这个狗日的窑主，真会算小账。宋金明没说话，他说不出什么。

唐朝阳看宋金明，似乎在征求他的意见。

宋金明在心里骂唐朝阳："你他妈的看我干什么！"他把脸别到一边去。

唐朝阳从口袋里掏出一团脏污的手绢，展开，把钱包起来了。

火化唐朝霞的时候，唐朝阳和宋金明都跟着去了。他们就手把钱卷进被子里，把被子塞进蛇皮袋子里，带上自己的行李，打算从火葬场出来，带上唐朝霞的骨灰盒，就直接回老家去。

唐朝霞的尸体火化之前，火葬场的工作人员从唐朝霞的口袋里掏出一个透明的小塑料袋，里面放着一张照片。隔着塑料袋看，照片上是四个人，后面是唐朝霞两口子，前面是他们的两个孩子，一个男孩儿，一个女孩儿。唐朝阳把照片收起来了。唐朝霞的衣服被全部换下来了，在地上扔着。宋金明只把一双鞋捡起来了，说这双鞋他带走吧，做个留念。唐朝阳没说什么。

唐朝阳把唐朝霞的骨灰盒放进提包里，他们二人在这个县城没有稍作停留，当即坐上长途汽车奔另一个县城去了。他们没有到县城下车，像是逃避人们的追捕一样，半路下车了。这里还是山区，他们背着行李向山里走去。在别人看来，他们跟一般打工者没什么两样，他们总是很辛苦，总是在奔波。走到一处报废的矿井旁边，他们看看前后无人，才在一个山洼子里停下了。他们各自坐在自己的行李卷儿上，唐朝阳对宋金明笑笑，宋金明对唐朝阳笑笑。他们笑得有些异样。唐朝阳说："操他妈的，我们又胜利了。"宋金明也承认又胜利了，但他的样子像是有些泄气，打不起精神。唐朝阳问他怎么了，他说："不怎么，这几天精神紧张得很，猛一放松下来，觉得特别累。"唐朝阳说："这属于正常现象，等见了小姐，你的精神头马上就来了。"宋金明说："但愿吧。"

唐朝阳把唐朝霞的骨灰盒从提包里拿出来了，说："去你妈的，你的任务已经彻底完成了，不用再跟着我们了。"他一下子把骨灰盒扔进井口里去了。这个报废的矿井大概相当深，骨灰盒扔下去，半天才传上来一点落底的微响。这一下，这个真名叫元清平的人算是永远消失了，他的冤魂也许千年万年都无人知晓。唐朝阳把那张全家福的照片也掏出来撕碎了。撕碎之前，宋金明接过去看了一眼，指着照片上的唐朝霞问："这个人姓什么来着？"唐朝阳说："管他呢！"唐朝阳夺过照片撕碎后，扬手往天上撒了一下。碎片飞得不高，很快就落地了。有两个碎片落在唐朝阳身上了，他有些犯忌似的，赶紧把碎片择下来。

还有一样东西没处理。唐朝阳对宋金明说："拿出来吧。"

"什么？"

"你是真糊涂还是装糊涂？"

宋金明摇头。

"我看你小子是装糊涂。那双鞋呀！"

这狗娘养的，他一定也知道了唐朝霞的钱藏在鞋里。宋金明说："操，一双鞋有什么稀罕，你想要就给你，是你哥的遗物嘛。"宋金明从提包里把鞋掏出来，扔在唐朝阳脚前的地上。

唐朝阳说："鞋本身是没什么稀罕，我主要想看看鞋里面有多少货。"他拿起一只鞋，伸手就把鞋舌头中间夹藏的一个小塑料袋抽出来了，对宋金明炫耀说："看见没有，银子在这里面呢！"

宋金明嗤了一下鼻子。

唐朝阳把钱掏出来，数了数，才二百八十块钱，说："操他奶奶的，才这么一点钱，连搞一次破鞋都不够。"他问宋金明："你说，这小子怎么就这么一点钱？"

宋金明说："我哪儿知道！"

唐朝阳把钱平均分了，其中一半递给宋金明。宋金明不要，说："这是你哥的钱，你留着自己花吧。"

唐朝阳勃然变色道："你他妈的少来这一套，我不会坏了规矩。"他把一百四十块钱扔进宋金明开着口子的提包里了，"我还纳闷呢，窑主讲好的给咱们三万块，数钱的时候少给两千，这是怎么回事？"

这次轮到宋金明恼了，他盯着唐朝阳骂道："操你妈的，你这是什么意思？ 你说，你是什么意思？ 你不说清什么意思，老子跟你没完！"

唐朝阳赖着脸笑了，说："你恼什么，我又没说你什么。我是骂窑主个狗日的说话不算话，拉个屎橛子又坐回去半截儿。"

"你还以为窑主是好东西呢，哪个窑主的心肠不是跟煤窑一样，一黑到底！"

坐了汽车坐火车，两天之后，他们来到了平原上的一座小城。按照原来的计划，他们没有急于找新的点子。但他们也没有马上分头回家，着实在城里享乐了几天。他们没有买新衣服，没有进舞厅，也很少大吃大喝。说他们享乐，主要是指他们喜欢嫖娼。住进小城的当天晚上，他俩就在一家宾馆包了一个双人间。宾馆大厅一角，有桑拿浴室、按摩室和美容美发厅，不用问，里面肯定有娼妇。果然，他们进房间刚打开电视，刚在席梦思床上用屁股蹾了蹾，试了试弹性，就有电话打进来了，问他们要不要小姐。宋金明在电话里问了行情，跟人家讲了价钱，就让两个小姐到房间里来了。宋金明把房间让给了唐朝阳，自己把另一个小姐领进卫生间里去了。他们二话没说，就分头摆开了战场。唐朝阳完事了，给小姐付了钱，还不见宋金明出来。他到卫生间门口听了听，听见里面战事正酣，不免有些嫉妒，说："操他妈的，他们怎么干那么长时间？"小姐说："谁让你那么快呢！"唐朝阳一把将小姐揪起来，要求再干。小姐把小手一伸，说再干还要再付一份钱。唐朝阳与小姐拉扯之间，宋金明从卫生间出来了，唐朝阳只得放开小姐，对宋金明说："你小子可以呀！"

宋金明显得颇为谦虚，说："就那么回事，一般化。"

分头回家时，他俩约定，来年正月二十那天在某个小型火车站见面，到时再一块儿合作做生意。 他们握了手，还按照流行的说法，互相道了"好人一生平安"。

七

宋金明又坐了一天多长途汽车，七拐八拐才回到了自己的家。 他没有告诉过唐朝阳自己家里的详细地址，也没打听过唐朝阳家的具体地址。 干他们这一行的，互相都存有戒心，干什么都不可全交底。 其实，连宋金明的名字也是假的。 回到村里，他才恢复使用了真名。 他姓赵，真名叫赵上河。 在村头，有人跟他打招呼："上河回来了？"他答着"回来了，回来过年"，赶紧给人家掏烟。 每碰见一位乡亲，他都要给人家掏烟。 不知为什么，他心情有些紧张，脸色发白，头上出了一层汗。 有人吸着他给的烟，指出他脸色不太好，人也没吃胖。 他说："是吗？"头上的汗又加了一层。 有个妇女在一旁替他解释说："那是的，上河在外面给人家挖煤，成天价不见太阳，脸捂也捂白了。"

赵上河心里抵触了一下，正要否认在外边给人家挖煤，女儿海燕跑着接他来了。 海燕喊着"爹，爹"，把爹手里的提包接过去了。 海燕刚上小学，个子还不高。 提包提不起来，她就两个手上去，身子后仰，把提包贴在两条腿上往前走。 赵上河摸了摸女儿的头，说："海燕又长高了。"海燕回头对爹笑笑。 她的豁牙还没长齐，笑得有点害羞。 赵上河的儿子海成也迎上去接爹。 儿子读初中，比女儿力气大些，他接过爹手中的蛇皮袋子装着的铺盖卷儿，很轻松地就提起来了。 赵上河说："海成，你小子还没喊我呢！"

儿子不好意思地笑了一下，才说："爹，你回来了？"

赵上河像完成一种仪式似的答道："对，我回来了。 有钱没钱，都要回家过年。 你娘呢？"赵上河抬头一看，见妻子已站在院门口等他。 妻子笑模笑样，两只眼都放出光明来。 妻子说："两个孩子这几天一直念叨你，问你怎么还不回来。 这不是回来了嘛！"

一家来到堂屋里，赵上河打开提包，拿出两个塑料袋，给儿子和女儿分发过年的礼物。 他给儿子买了一件黑灰色西装上衣，给女儿买了一件红色的西装上衣。 妻子对两个孩子说："快穿上让你爹看看！"儿子和女儿分别把西装穿上了，在爹面前展示。 赵上河不禁笑了，他把衣服买大了，儿子女儿穿上都有些框里框荡，像摇铃一样。 特别是女儿的红西装，衣襟下摆长得几乎遮了膝盖，袖子也长得像戏装上的水袖一样。 可赵上河的妻子说："我看不赖。 你们还长呢，一长个儿穿着就合适了。"

赵上河对妻子说："我还给你买了个小礼物呢。"说着把手伸到提包底部，摸出一个心形的小红盒来。 把盒打开，里面的一道红绒布缝里夹着一对小小的金耳环。 女儿先看见了，惊喜地说："耳环，耳环！"妻子想把耳环取出一只看看，又不知如何下手，说："你买这么贵的东西干什么，我哪只耳朵趁戴这么好的东西。"女儿问："耳环是金的吗？"赵上河说："当然是金的，真不溜溜的真金，一点都不带假的。"他又对妻子说："你在家里够辛苦了，家里活地里活都是你干，还要照顾两个孩子。我想你还从来没戴过金东西呢，就给你买了这对耳环。不算贵，才三百多块钱。"妻子说："我怕戴不出去，我怕人家说我烧包。"赵上河说："那怕什么，人家城里的女人金戒指一戴好几个，连脚脖子上都戴着金链子，咱戴对金耳环实在是小意思。"他把一只耳环取出来了，递给妻子，让妻子戴上试试。妻子侧过脸，摸过耳朵，耳环竟穿不进去。她说："坏了，这还是我当闺女时打的耳朵眼，可能长住了。"她把耳环又放回盒子里去了，说："耳环我放着，等我闺女长大出门子时，给我闺女做嫁妆。"

门外走进来一位面目黑瘦的中年妇女，按岁数儿，赵上河应该把中年妇女叫嫂子。嫂子跟赵上河说了几句话，就提到自己的丈夫赵铁军，问："你在外边看见过铁军吗？"

赵上河摇头说没见过。

"收完麦他就出去了，眼看半年多了，不见人，不见信儿，也不往家里寄一分钱，不知道他死到哪儿去了。"

赵上河对死的说法是敏感的，遂把眉头皱了一下，觉得嫂子这样说话很不吉利。但他没把不吉利指出来，只说："可能过几天就回来了。"

"有人说他发了财，在外面养了小老婆，不要家了，也不要孩子了，准备和小老婆另过。"

"这是瞎说，养小老婆没那么容易。"

"我也不相信呢，就赵铁军那样的，三锥子扎不出一个屁来，哪有女人会看上他。你看你多好，多知道顾家，早早地就回来了，一家人团团圆圆的。你铁军哥就是窝囊，窝囊人走到哪儿都是窝囊。"

赵上河的妻子跟嫂子说笑话："铁军哥才不窝囊呢，你们家的大瓦房不是铁军哥挣钱盖的？铁军哥才几天没回来，看把你想得那样子。"

嫂子笑了，说："我才不想他呢。"

晚上，赵上河还没打开自己带回的脏污的行李卷，没有急于把挣回的钱给妻子看，先跟妻子睡了一觉。他每次回家，妻子从来不问他挣了多少钱。当他拿出成捆的钱时，妻子高兴之余，总是有些害怕。这次为了不影响妻子的情绪，他没提钱的事，就钻进了妻子为他张开的被窝。妻子的情绪很好，身子贴他贴得很热烈，问他："你在外面跟别的女人睡过吗？"

他说："睡过呀。"

"真的？"

"当然真的了，一天睡一个，九九八十一天不重样。"

"我不信。"

"不信你摸摸，家伙都磨秃了。"

妻子一摸，他就乐了，说："放心吧，好东西都给你攒着呢，一点都舍不得浪费，来，现在就给你。"

完事后，赵上河长长地叹了一口气，妻子问他怎么了，他说："哪儿好也不如自己的家好，谁好也比不上自己的老婆好，回到家往老婆身边一睡，心里才算踏实了。"

妻子说："那，这次回来，就别走了。"

"不走就不走，咱俩天天干。"

"能得你不轻。"

"怎么，你不相信我的能力？"

"相信。行了吧。"

"哎，咱放的钱你看过没有？会不会进潮气？"

"不会吧，包着两层塑料袋呢。"

"还是应该看看。"

赵上河穿件棉袄，光着下身就下床了。他检查了一下屋门是否上死，就动手拉一个荆条编的粮囤，粮囤里还有半囤小麦，他拉了两下没拉动。妻子下来帮他拉。妻子也未及穿裤衩，只披了一件棉袄。粮食囤移开了，赵上河用铁铲子撬起两块整砖，抽出一块木板，把一个盛化肥用的黑塑料袋提溜出来。解开塑料袋口扎着的绳子，从里面拿出一个小瓦罐。小瓦罐里还有一个白色的塑料袋，这个袋子里放的才是钱。钱一共是两捆，一捆一万。赵上河把钱摸了摸，翻转着看看，还用大拇指把钱报弯，让钱页子自动弹回，听了听钱页子快速叠加发出的声响，才放心了。赵上河说，他有一天做梦，梦见瓦罐里进了水，钱沤成了半罐子糨糊，再一看还生了蛆，把他气得不行。 妻子说："你挂念你的钱，做梦就胡连八扯。"

赵上河说："这些钱都是我一个汗珠子掉在地上摔八瓣儿挣来的，我当然挂念。 我敢说，我干活流下的汗一百罐子都装不完。"他这才把铺盖卷儿从蛇皮袋子里掏出来了，一边在床上打开铺盖卷儿，一边说："我这次又带回一点钱，跟上两次带回来的差不多。"他把钱拿出来了，一捆子还零半捆子，都是大票子。

妻子一见"呀"了一下，问："怎么又挣这么多钱？"

赵上河早就准备好了一套话，说："我们这次干的是包工活儿，我一天上两个班，挣这点钱不算多。 有人比我挣得还多呢。"他把新拿回的钱放进塑料袋，一切照原样放好，让妻子帮他把粮食囤拉回原位，才又上床睡了。 不知为什么，他身上有些哆嗦，说："冷，冷……"妻子不哆嗦，妻子搂紧了他，说："快，我给你暖暖。"

暖了一会儿，妻子说："听人家说，现在出去打工挣点钱特别难，你怎么能挣这么多钱？"

赵上河推了妻子一下，把妻子推开了，说："去你妈的，你嫌我挣钱多了？"

"不是嫌你挣钱多，我是怕……"

"怕什么，你怀疑我？"

"怀疑也说不上，我是说，不管钱多钱少，咱一定得走正道。"

"我怎么不走正道了？ 我在外面辛辛苦苦干活，一不偷，二不抢，三不赌博，四不搞女人，一块钱都舍不得多花，我容易吗！"赵上河大概触到了心底深藏的恐惧和隐痛，竟哭了，"我累死累活图的什么，还不是为了这个家？连老婆都不相信我，我活着还有啥意思！"

妻子见丈夫哭了，顿时慌了手脚，说："海成他爹，你怎么了？ 都怨我，我不会说话，惹你伤了心，你想打我就打我吧！"

"我打你干什么！ 我不是人，我是坏蛋，我不走正道，让雷劈我，龙抓我，行了吧！"他拒绝妻子搂他，拒绝妻子拉他的手，双手捂脸，只是哭。

妻子把半个身子从被窝里斜出来，用手掌给丈夫擦眼泪，说："海成他爹，别哭了好不好，别让孩子听见了吓着孩子。 我相信你，相信你，你说啥就是啥，还不行吗？ 一家子都指望你，你出门在外，我也是担惊受怕呀！"妻子也哭了。

两口子哭了一会儿，才重新搂在一起。 在黑暗里，他大睁着眼，突然产生了一个念头，做点子的生意到此为止，不能再干了。

第二天，赵上河备了一条烟两瓶酒，去看望村里的支书。 支书没讲客气就把烟和酒收下了。 支书是个岁数比较大的人，相信村里的人走再远也出不了他的手心，他问赵上河："这次出去还可以吧？"

赵上河说："马马虎虎，挣几个过年的小钱儿。"

"别人都没挣着什么钱，你还行，看来你的技术是高些。"

赵上河知道，支书所说的技术是指他的挖煤技术，他点头承认了。

支书问："现在外头形势怎么样？ 听说打闷棍的特别多。"

赵上河心头惊了一下，说："听说过，没碰见过。"

"那是的，要是让你碰上，你就完了。 赵铁军，外出半年多了，连个信儿都没有，我估计够呛，说不定让人家打了闷棍了。"

"这个不好说。"

"出外三分险，害人之心不可有，防人之心不可无，以后你们都得小心点儿。"

赵上河表示记住了。

过大年，起五更，赵上河在给老天爷烧香烧纸时，在屋当门的硬地上跪得时间长些。 他把头磕了又磕，嘴里嘟嘟囔囔，谁也听不清他祷告的是什么。 在妻子的示意下，儿子上前去拉他，说："爹，起来吧。"他的眼泪呼地就下来了，说："我请老天爷保佑咱们全家平安。"

年初二，那位嫂子又到赵上河家里来了，说："赵铁军还没回来，我看赵铁军这个人是不在了。"嫂子说了不到三句话，就哭起来了。

赵上河说："嫂子你不能说这样的话，不能光往坏处想，大过年的，说这样悲观的话多不好。这样吧，我要是再出去的话，帮你打听打听。要是打听到了，让他马上回来。"赵上河断定，赵铁军十有八九被人当点子办了，永远回不来了。因为做这路生意的不光是他和唐朝阳两个人，肯定还有别的人靠做点子发财致富。他和唐朝阳就是靠别人点拨，才吃上这路食的。有一年冬天，他和唐朝阳在一处私家小煤窑干活，意外地碰上一位老乡和另外两个人到这家小煤窑找活干。他和老乡在小饭馆喝酒，劝老乡不要到这家小煤窑干，累死累活，还挣不到钱。他说窑主坏得很，老是拖着不给工人发工资，他在这里干了快三个月了，一次钱也没拿到，弄得进退两难。老乡大口喝着酒，显得非常有把握。老乡说，一物降一物，他有办法把窑主的钱掏出来。窑主就是把钱串在肋巴骨上，到时候狗日的也得乖乖地把钱取下来。他向老乡请教，问老乡有什么高招，连连向老乡敬酒。老乡要他不要问，只睁大两眼跟着看就行了，多一句嘴别怪老乡不客气。一天晚间在窑下干活时，老乡用镐头把跟他同来的其中一个人打死了，还搬起石头把死者的头砸烂，然后哭着喊着，把打死的人叫成叔叔，说冒顶砸死了人，向窑主诈取抚恤金。跟老乡说的一样，窑主捂着盖着，悄悄地跟老乡进行私了，赔给老乡两万两千块钱。目睹这一特殊生产方式的赵上河和唐朝阳，什么力也没掏，老乡却给他们每人分了一千块钱。这件事对赵上河震动极大，可以说给他上了生动的一课。他懂得了，为什么有的人穷，有的人富，原来富起来的人是这么干的。大鱼吃小鱼，小鱼吃麻虾，麻虾吃泥巴。这一套话他以前也听说过，只是理解得不太深。通过这件事，他才知道了，自己不过是一只麻虾，只能吃一吃泥巴。如果连泥巴也不吃，就只能自己变泥巴了。老乡问他怎么样，敢不敢跟老乡一块干。他的脸灰着，说不敢。他是怕老乡换个地方把他也干掉。后来，他和唐朝阳形成一对组合，也学着打起了游击。唐朝阳使用的也是化名，他的真名叫李西民。他们把自己称为地下工作者，每干掉一个点子，每转移到一个新的地方，他们就换一个新的名字。赵上河手上已经有三条人命了。这一点他家埋在地下罐子里那些钱可以做证，那是用三颗破碎的人头换来的。但赵上河可以保证，他打死的没有一个老乡，没有一个熟人。像赵铁军那样的，就是碰在他眼下，他也不会做赵铁军的活儿。这叫兔子不吃窝边草。

嫂子临离开他家时，试着向赵上河提了一个要求："大兄弟，过罢十五，我想让金年跟你一块走，一边找点活儿干，一边打听他爹的下落。"

"你千万不要有这样的想法。金年不是正上学吗，一定让孩子好好上学，上学才是正路。金年上几年级了？"

"高中一年级。"

"一定要支持孩子把学上下来，鼓励孩子考大学。"

"不是怕大兄弟笑话，不行了，上不起了，这一开学又得三四百块，我上哪儿给他弄去。 满心指望他爹挣点钱回来，钱没挣回来，人也不见影儿了。"

赵上河对妻子说："把咱家的钱先借给嫂子四百块，孩子上学要紧。"

嫂子说："不不不，我不是来给你们借钱的。"

赵上河面带不悦，说："嫂子，这你就太外气了。 谁家还不遇上一点难事，我们总不能眼看着孩子上不起学不管吧。 再说钱是借给你们的，等铁军哥拿回钱来，再还给我们不就结了？"

嫂子说："你们两口子都是好人哪，我让金年过来给你们磕头。"这才把钱接下了。

八

正月十五一过，村上外出打工的人又纷纷背起行囊，潮流一样向汽车站、火车站涌去。 赵上河原想着不外出了，但他的魂儿像是被人勾去了一样，在家里坐卧不安。 妻子百般安慰他，他反而对妻子发脾气，说家里就那么一点地，还不够老婆自己种的，把他拴在家里干什么！ 最终，赵上河还是随着潮流走了。 他拒绝和任何人一路同行，仍是一个人独往独来。 有不少人找过他，还有人给他送了礼品，希望能跟他搭伴外出，他都想办法拒绝了。 实在拒绝不掉的，他就说今年出去不出去还不一定呢，到时候再说吧。 他是半夜里摸黑走的。 土路两边的庄稼地里的残雪还没化完，北风冷飕飕的。 他就那么顶着风，把行李卷儿和提包用毛巾系起来搭在背上，大步向镇上走去。 到了镇上，他也不打算坐公共汽车，准备自己租一个机动三轮车到县城去。 正走着，他转过身来，向他的村庄看了一下。 村庄黑沉沉的，看不见一点灯光，也听不见一点声息。 又往前走时，他问了自己一句："你这是干吗呢？ 偷偷摸摸的，跟做贼一样。"他自己的回答是："没什么，不是做贼，这样走着清静。"他担心有人听见他的自言自语，就左右乱看，还蹲下身子往路边的一片坟地里观察了一下。 他想好了，这次出来不一定再做点子了。 做点子挣钱是比挖煤挣钱容易，可万一有个闪失，自己的命就得搭进去。 要是唐朝阳实在想做的话，他们顶多再做一个就算了。 现在他罐子里存的钱是三万五，等存够五万，就不用存了。 有五万块钱保着底子，他就不会像过去一样，上面派下来这钱那钱他都得卖粮食，不至于为孩子的学费求爷爷告奶奶地到处借。 到那时候，他哪儿都不去了，就在家里守着老婆孩子踏踏实实过日子。

赵上河如约来到那个小型火车站，见唐朝阳已在那里等他。 唐朝阳等他的地方还是火车站广场一侧那家卖保健羊肉汤的敞棚小饭店。 年前，他们就是从这里把一个点子领走办掉的。 火车站客流很大，他们相信，小饭店的人不会记得他们两个。 唐朝阳热情友好地骂了他的大爷，问他怎么才来，是不是又到哪个卫生间玩小姐去了。 一个多月不见面，他看见唐朝阳也觉得有些亲切。 他骂的是唐朝阳的妹子，说卫生间有一面大玻璃镜，他一下子就把唐朝阳的妹子干到玻璃镜里去了。 互相表示亲热完毕，他们开始说正经事，唐朝阳说，他花了十块钱，请一个算卦的先生给他起了一个新名字，叫张敦厚，赵上河说，这名字不错。 他念了两遍张敦厚，说"越敦越厚"把张敦厚记住了。 他告诉张敦厚，他也新得了一个名字，叫王明君。"你知道君是什么意思吗？"张敦厚说："谁知道你又有什么讲究。"

王明君说："跟你说吧，君就是皇帝，明君就是开明的皇帝，懂了吧？"

"你小子是想当皇帝呀！"

"想当皇帝怎么着，江山轮流坐，枪杆子里出政权，哪个皇帝的江山不是打出来的。"

"我看你当个黑帝还差不多。"

"这个皇不是那个黄，水平太差，朕只能让你当个下臣。张敦厚！"

"臣在！"张敦厚垂首打了个拱。

"行，像那么回事。"王明君遂又端起皇帝架子，命张敦厚："拿酒来！"

"臣，领旨。"

张敦厚一回头，见一位涂着紫红唇膏的小姐正在一旁站着。 小姐微微笑着，及时走上前来，称他们"两位先生"，问他们"用点什么"。 张敦厚记得，原来在这儿端盘子服务的是一个黄毛小姑娘，说换就换，小姑娘不知到哪儿高就去了。 而眼前这位会利用嘴唇作招徕的小姐，显见得是个见过世面的多面手。 张敦厚要了两个小菜和四两酒，二人慢慢地喝。 其间老板娘出来了一下，目光空空地看了他们一眼，就干别的事情去了。 老板娘大概真的把他们忘记了。 在火车站广场走动的人多是提着和背着铺盖卷儿的打工者，他们像是昆虫界一些急于寻找食物的蚂蚁，东一头西一头乱爬乱碰。 这些打工者都是可被利用的点子资源，就算他们每天办掉一个点子，也不会使打工者减少多少。 因为这种资源再生性很强，正所谓取之不尽，用之不竭。

有一个单独行走的打工者很快进入他们的视线，他俩交换了一下眼色，张敦厚说："我去看看。"这次轮到张敦厚去钓点子，王明君坐镇守候。

王明君说："你别拉一个女的回来呀！"

张敦厚斜着眼把那个打工者盯紧，小声对王明君说："这次我专门钓一个女扮男装，花木兰那样的，咱们把她用了，再把她办掉，来个一举两得。"

"钓不到花木兰，你不要回来见我。"

张敦厚提上行李卷儿和提包，迂回着向那个打工者接近。 春运高峰还没过去，火车站的客流量仍然很大。 候车室里装不下候车的人，火车站方面把一些车次的候车牌插到了火车站广场，让人们在那里排队。 那个打工者到一个候车牌前仰着脸看上面的字时，张敦厚也装着过去看候车牌上的车次，就近把他将要猎取的对象瞥了一眼。 张敦厚没有料到，在他瞥那个对象的同时，对象也在瞥他。 他没看清对象的目光是怎样瞥出来的，仿佛对象眼睛后面还长着一只眼。他赶紧把目光收回来了。 当他第二次拿眼角的余光瞥被他相中的对象时，真怪了，对象又在瞥他。 张敦厚感觉出来了，这个对象的目光是很硬的，还有一些凛冽的成分。 他心里不由得惊悸了一下，他妈的，难道遇上对手了，这家伙也是来钓点子的？ 他退后几步站下，刚要想一想这是怎么回事，那个打工者凑过来了，问："老乡，你这是准备去哪儿？"

张敦厚说："去哪儿呢？ 我也不知道。"

"就你一个人吗？"

张敦厚点点头。 他决定来个将计就计，判断一下这个家伙究竟是不是钓点子的，看他钓点子有什么高明之处，不妨跟他比试比试。

"吸根烟吧。"对象摸出一盒尚未开封的烟，拆开，自己先叼了一根，用打火机点燃；而后递给张敦厚一根，并给张敦厚把烟点上，"现在外头比较乱，一个人出来不太好，最好还是有个伴儿。"

"我是约了一个老乡在这里碰面，说好的是前天到，我找了两天了，都没见他。"

"这事儿有点麻烦，说不定人家已经走了，你还在这儿瞎转腰子呢。"

"你这是准备去哪儿？"

对象说了一个煤矿。

"那儿怎么样，能挣到钱吗？"

"挣不到钱谁去，不说多，每月至少挣千把块钱吧！"

"那我跟你一块儿去行吗？"

"对不起，我已经有伴儿了。"

这家伙大概在吊他的胃口，张敦厚反吊似的说："那就算了。"

"我们也遇到了一点麻烦，人家说好的要四个人，我们也来了四个人，谁知道呢，一个哥们儿半路生病了，回去了，我们只得再找一个人补上。不过我们得找认识的老乡，生人我们不要。"

"什么生人熟人，一回生，两回熟，咱们到一块儿不就熟了。"

对象作了一会儿难，才说："这事我一个人说了不算，我带你去见我那两个哥们儿，看他们同意不同意要你。要是愿意要你呢，算你走运；要是不同意，你也别生气。"

张敦厚试出来了，这个家伙果然是他的同行，也是到这里钓点子的。这个家伙年龄不太大，看上去不过二十五六岁，生着一张娃娃似的脸，五官也很端正。正是这样面貌并不凶恶的家伙，往往是杀人不眨眼的好手。张敦厚心里跳得腾腾的，竟然有些害怕。他想到了，要是跟这个家伙走，出不了几天，他就得变成人家手里的票子。不行，他要揭露这个家伙，不能让这个家伙跟他们争生意。于是他走了几步站下了，说："我不能跟你走！"

"为什么？"

"我又不认识你们，你们把我弄到煤窑底下，打我的闷棍怎么办？"

那个家伙果然有些惊慌，说："不去拉鸡巴倒，你胡说八道什么，我还看不上你呢！"

张敦厚笑得冷冷的，说："你们把我打死，然后说你们是我的亲属，好向窑主要钱，对不对？"

"你是个疯子，越说越没边了。"那家伙撇下张敦厚，快步走了。

张敦厚喊："哎，哥们儿，别走，咱们再商量商量。"

那家伙转眼就钻进人堆里不见了。

九

张敦厚领回一个中学生模样的小伙子，令王明君大为不悦，王明君一见就说："不行不行！"鱼鹰捉鱼不捉鱼秧子，弄回一个孩子算怎么回事。他觉得张敦厚这件事办得不够漂亮，或者说有点丢手段。

张敦厚以为王明君的做法跟过去一样，故意拿点子一把，把点子拿牢，就让小伙子快把王明君喊叔，跟叔说点好话。

小伙子怯生生地看了王明君一眼，喊了一声"叔叔"。

王明君没有答应。

张敦厚对小伙子指出："你不能喊成叔叔，叔叔是普遍性的叫法，得喊叔，把王叔叔当成你亲叔一样。"

小伙子按照张敦厚的指点，把王明君喊了一声叔。

王明君还是没答应。 他这次不是配合张敦厚演戏，是真的觉得这未长成的小伙子不行，一点也不像个点子的样子。小伙子个子虽长得不算低，但他脸上的孩子气还未脱掉。 他唇上虽然开始长胡子了，但刚长出一层黑黑的绒毛，显然是男孩子的第一茬胡子，还从来没刮过一刀。 小伙子的目光固定地瞅着一处，不敢看人，也不敢多说话。 这么大的男孩子，在老师面前都是这样的表情。 他大概把他们两个当成他的老师了。 小伙子的行李也带着中学生的特点。 他的铺盖卷儿模仿了外出打工者的做法是不假，也塞进一个盛粮食用的蛇皮袋子里，可他手上没有提提包，肩上却背了一个黄帆布的书包。 看他书包里填得方方块块的，往下坠着，说不定里面装的还有课本呢！ 这小伙子和年龄差不多的男孩子相比，也有不同的地方，就是他的神情很忧郁，眼里老是泪汪汪的。 说得不好听一点，好像他刚死了亲爹一样。 王明君说小伙子"一看就不像个干活儿的人"，问：

"你不是逃学出来的吧？"

小伙子摇摇头。

"你摇头是什么意思？ 是就说是，不是就说不是。"

小伙子说："不是。"

"那，我再问你，你出来找活儿干，你家里人知道吗？"

"我娘知道。"

"你爹呢？"

"我爹……"小伙子没说出他爹怎样，眼泪却慢慢地滚下来了。

"怎么回事？"

"我爹出来八个多月了，过年也没回家，一点音信都没有。"

"噢，原来是这样。"王明君与张敦厚对视了一下，眼角露出一些笑意，问："你爹是不是发了财，在外面娶了小老婆，不要你们了？"

"不知道。"

张敦厚碰了王明君一下，意思让他少说废话，他说："我看这小伙子挺可怜的，咱们带上他吧，权当是你的亲侄子。"

王明君明白张敦厚的意思，不把张敦厚找来的点子带走，张敦厚不会答应。他对小伙子说："带上你也不是不可以，只是挖煤那活儿有一定的危险性，你怕不怕？"

"不怕，我什么活儿都能干。"

"你今年多大了？"

"虚岁十七。"

"你说虚岁十七可不行，得说周岁十八，不然的话，人家煤矿不让你干。另外，你一会儿去买一只刮胡子刀，到矿上开始刮胡子。 胡子越刮越旺，等你的胡子长旺了，就像一个大人了。 你以后就喊我二叔。 记住了，不论什么人问你，你都说我是你的亲二叔，这样我就可以保护你，别人就不敢欺负你了。 你叫一声我听听。"

"二叔。"

"对，就这么叫，你爹是老大，我是老二。 哎，你叫什么名字来着？"

"元凤鸣。"

王明君眼珠转了一下说："你以后别叫这个名字了，我给你改个名字，叫王风吧。 风是刮风的风，记住了？"

小伙子说："记住了，我叫王风。"

就这样，这个点子又找定了。 他们一块儿喝了保健羊肉汤，二人就带着叫王风的小点子上路了。 上次他们是往北走，这次他们坐上火车再转火车，一直向西北走去，比上次走得更远。 王风哪里知道，带他远行的两个人是两个催命的魔鬼，两个魔鬼正带他走向世界的末日。 他一路往车窗外面看着，对外面的世界他还觉得很新奇呢。 在火车上，王风还对二叔说了他家的情况。 他正上高中一年级，妹妹上初中一年级。 过了年，他带上被子和够一星期吃的馒头去上学，因带的书本费和学杂费不够，老师不让他上课，让他回家借钱。 各种费用加起来需要四百多块钱，而他带去的只有二百多块钱。 就这二百多块钱，还是娘到处借来的。 老师让他回家借钱，他跟娘一说，娘无论如何也借不到钱了。 娘只是流泪。 他妹妹也没钱交学费，因为他妹妹学习特别好，是班长，班主任老师就动员全班同学为他妹妹捐学费。 他背着馒头，再次到学校，问欠的钱可以不可以缓一缓再交。 班主任老师让他去问校长。 校长的答复是，不可以，交不齐钱就不要再上学了。 于是，他就背着被子和馒头回家了，再也不能去学校读书。 一回到家，他就痛哭一场。 说到这些情况，王风的眼泪又涌满了眼眶。

王明君说："其实你不应该出来，还是应该想办法借钱上学。 你这一出来，学业就中断了。"他亲切地拍了拍王风的肩膀："我看你这孩子挺聪明的，学习成绩肯定也不错，不上学真是可惜了。"

"没办法，我得出来挣钱供我妹妹上学，不能让我妹妹再失学。 我已经大了，应该分担我娘的负担。 我还想一边干活儿，一边打听我爹的下落。"

"你爹的下落恐怕不好打听，中国这么大，你到哪儿打听去？"

"村里人让我娘找乡上的派出所，派出所让我娘印寻人启事。 我娘一听印寻人启事又要花不少钱，就没印。"

"不印是对的，印了也没用，净是白花钱。 印寻人启事花一百块，人家让你们家出三百，人家得二百。 印了寻人启事，也没地方贴。 你贴得不是地方，人家罚款，你们家又得花钱。 这叫花了钱又找不到人，两头不得一头。 你说二叔说的是不是实话？"

"是实话。二叔，我娘叫我出来一定要小心。你说，社会上是好人多还是坏人多？"

"你说呢？"

"让我看还是好人多，二叔和张叔叔都是好人。"

"我们当然是好人。"

张敦厚插了一句："我们两个要不是好人，现在社会上就没好人了。"

十

来到山区深处的一座小煤窑，由王明君出面和窑主接洽，窑主把他们留下来了。窑主是个岁数比较大的人，自称对安全生产特别重视。窑主把王风上下打量了一下，说："我看这小伙子不到十八周岁，你不是虚报年龄吧？"王风的脸一下白了，望着王明君。

王明君说："我侄子老实，说的绝对是实话。"

下窑之前，窑主说是对他们进行一次安全教育，把他们领到灯房后面的一间小屋里去了。小屋后墙的高台上供奉着一尊窑神，窑神白须红脸，身上绘着彩衣。窑神前面摆放着一口大型的香炉，里面满是香灰纸灰。还有成把子的残香没有燃尽，缕缕地冒着余烟。门里一侧的小凳子上坐着一位中年妇女，专卖敬神用的纸和香。她的纸和香都比较贵，但窑主只让买她的。张敦厚和王明君一看就明白了，这位妇女肯定是窑主的人，他们在借神的名义挤窑工的钱。 这没有办法，到哪儿都得敬哪儿的神。 神敬不到，人家就有可能不给你活儿干，使你想受剥削都受不到。 张敦厚买了一份香和纸，王明君也买了一份。 该王风买了，他却拿不出钱来，他的钱已经花完了。 王明君只得替他买了一份。 三人烧香点纸，一齐跪在神像前磕头。 窑主要求他们祷告两项内容："一、你们要向窑神保证，处处注意安全生产，不给矿上添麻烦；二、你们请窑神保佑你们的平安。"王明君心里打了几下鼓，难道有人在这个窑上办过点子了，窑主已经出过血了？ 不然的话，老窑主为什么老把安全挂在嘴上？ 看来办点子的事要谨慎从事。

王风一边磕头，一边看着王明君。 王明君磕几个，他也磕几个。 见王明君站起来，他才敢站起来。

窑主说："不管上白班夜班，你们每天下井前都要先拜窑神，一次都不能落。 这事要跟过去的天天读一样。 你们知道天天读吗？"

三个人互相看看，都说不知道。

"连天天读都不知道，看来你们是太年轻了。"

窑上给每人发了一顶破旧的胶壳安全帽，也要交钱。 这一次，王风不好意思让二叔替他交钱了，问不戴安全帽行不行。 发安全帽的人说："你他妈的找死呀！"

王明君立即发挥了保护侄子的作用，说："我侄子不懂这个，你好好跟他说不行吗？"他又对王风说："下井不戴安全帽绝对不行，没钱就跟二叔说，别不好意思，只要有二叔戴的，就有你戴的。"他把自己头上戴的安全帽摘下来，先戴在侄子头上了。

王风看看二叔，感动得泪花花的。

这个窑的井架不是木头的，是用黑铁焊成的。井架也不是三角形，是方塔形。井架上方还绑着一杆红旗。不过红旗早就被风刮雨淋得变色了，差不多变成了白旗。其中一根铁井架的根部，拴着一条黑脊背的狼狗。他们三个走近窑口时，狼狗呼地站起来了，目光恶毒地盯着他们，喉咙里发出呜呜的声音。狼狗又肥又高，两边的腮帮子鼓着，头大得跟狮子一样。张敦厚、王明君有些却步，不敢往前走了。王风吓得躲在了王明君身后。张王二人走过许多私人办的煤窑了，还从没见过在井架子上拴大狼狗的，不知这个窑主的用意是什么。这时窑主过来了，把狼狗称为"老希"，把"老希"喝了一声，介绍说："我这个伙计名字叫希特勒，来这里干活儿的必须向它报到，不然的话，它就不让你下窑。"窑主抱住狗头，顺着毛捋了两把，说："你们过来，让希特勒闻闻你们的味，它一记住你们的味，对你们就不凶了。"张敦厚迟疑了一会儿，见王明君不肯第一个让希特勒闻，就豁出去似的走到希特勒跟前去了。希特勒伸着鼻子在他身上嗅了嗅，放他过去了。王明君听说狗的鼻子是很厉害的，有很多疑难案件经狗的鼻子一嗅，案就破了。他担心这条叫希特勒的狼狗嗅出他心中的鬼来，一口把他咬住。他身子缩着，心也缩着，故作镇静地走到希特勒面前去了。 还好，希特勒没有咬他。 希特勒像是有些乏味，它嗅完了王明君，就塌下眼皮，双腿往前一伸，趴下了。 当王风把两手藏在裤裆前，侧着身子，小心翼翼地走到希特勒跟前时，希特勒只例行公事似的嗅了一下他的裤腿就放行了。

他们三人乘坐同一个铁罐下窑。 铁罐在黑乎乎的井筒里往下落，王风的心在往上提。 王风两眼瞪得大大的，蹲在铁罐里一动也不敢动，神情十分紧张。 铁罐像是朝无底的噩梦里坠去，不知坠落了多长时间，当铁罐终于落底时，他的心也差不多提到了嗓子眼。 大概因为太紧张了，他刚到窑底，就出了满头大汗。

王明君说："你小子穿得太厚了。"

王风注意到，二叔和张叔叔穿着单衣单裤，外加一件棉坎肩，就到窑下来了。 而他原身打原身，穿着毛衣绒裤、秋衣秋裤，还有一身黑灰色的学生装，怪不得这么热呢。

窑底有两个人，在活动，在说话。 他们黑头黑脸，一说话露出白厉厉的牙。 王风一时有些发蒙，感觉像是掉进了另外一个世界。 这个世界跟窑上的人世完全不同，仿佛是一个充满黑暗的鬼魅的世界。 正蒙着，一只黑手在他脸上摸了一把，吓得他差点叫出声来。 摸他的人嘻嘻笑着，说："脸这么白，怎么跟个娘儿们一样。"王风的两个耳膜使劲往脑袋里面挤，觉得耳膜似乎在变厚，听觉跟窑上也不一样。 那个摸他的人在面前跟他说话，他听见声音却很远。

王明君对窑底的人说:"这是我侄子,请师傅们多担待。"他命王风:"快喊大爷。"

王风就喊了一声大爷。 王风听见自己嘴里发出的声音也有些异样,好像不是他在说话,而是他的影子在说话。

在往巷道深处走时,从未下过窑的中学生王风不仅是紧张,简直有些恐怖了。 巷道里没有任何照明设备,前后都漆黑一团。 矿灯所照之处,巷道又低又窄,脚下也坑洼不平。巷道的支护异常简陋,两帮和头顶的岩石面目狰狞,如同戏台上的牛头马面。 如果阎王有令,说不定这些"牛头马面"随时会猛扑下来,捉他们去见阎王。 王风面部肌肉僵硬,瞪着恐惧的双眼,紧紧跟定二叔,一会儿低头,一会儿弯腰,一步都不敢落下。 他很想拉住二叔的后衣襟,怕二叔小瞧他,就没拉。 二叔走得不慌不忙,好像一点也不害怕。 他不由地对二叔有些佩服。 他开始在心里承认这个半路上遇到的二叔了,并对二叔产生了一些依赖思想。 二叔提醒他注意。 他还不知道注意什么,咚的一声,他的脑袋就撞在一处压顶的石头上了,尽管他戴着安全帽,他的头还是闷疼了一下,眼里也直冒碎花。

二叔说:"看看,让你注意,你不注意,撞脑袋了吧?"

王风把手伸进安全帽里搓了两下,眼里又含了泪。

二叔问:"怎么样,这里没有你们学校的操场好玩吧!"

王风脑子里快速闪过学校的操场,操场面积很大,四周栽着钻天的白杨。 他不知道同学们这会儿在操场里干什么。

而他，却钻进了一个黑暗和可怕的地方。

二叔见他不说话，口气变得有些严厉，说："我告诉你，窑底下可是要命的地方，死人不当回事。别看人的命在别的地方很皮实，一到窑下就成了薄皮子鸡蛋。鸡蛋在石头缝儿里滚，一步滚不好了，就得淌稀，就得完蛋！"

王明君这样教训王风时，张敦厚正在王风身后站着。张敦厚把镐头平端起来，作出极恶的样子在王风头顶比画了一下，那意思是说，这一镐下去，这小子立马完蛋。王明君知道，张敦厚此刻是不会下手的，点子没喂熟不说，他们还没有赢得窑主的信任。再说了，按照"轮流执政"的原则，这个点子应该由他当二叔的来办，并由他当二叔的哭丧。张敦厚奸猾得很，你就是让他办，让他哭，他也不会干。

张敦厚和王明君要在挖煤方面露一手，以显示他们非同一般的技术。在他们的要求下，矿上的窑师分配他们在一个独头的掌子面干活儿，所谓独头儿，就像城市中的小胡同一样，是一个此路不通的死胡同。独头掌子面跟死胡同又不同。死胡同上面是通天的，空气是流动的。独头掌子面上下左右和前面都堵得严严实实。它更像一只放倒的瓶子，只有瓶口那儿才能进去。瓶子里爬进了昆虫，若把瓶口一塞，昆虫就会被闷死。独头掌子面的问题是，尽管巷道的进口没被封死，掌子面的空气也出不来，外面的空气也进不去。掌子面的空气是腐朽的，也是死滞的，它是真正的一潭死水。人进去也许会把"死水"搅和得流动一下，但空气会变得更加混浊，更加黏稠，更加呼吸不动。 这种没有任何通风设备的独头掌子面，最大的特点就是闷热。 煤虽然还没有燃烧，但它本身固有的热量似乎已经开始散发。 它散发出来的热量，带着亿万年煤炭生成时那种沼泽的气息、腐殖物的气息和潴热的气息。 一来到掌子面，王风就觉得胸口发闷，眼皮子发沉，汗水流得更欢。

张敦厚说："操他妈的，上面还是天寒地冻，这里已经是夏天了。"

说着，张叔叔和二叔开始脱衣服。 他们脱得光着膀子，只穿一件单裤。 二叔对王风说："愣着干什么，还不把衣服脱掉！"

王风没有脱光膀子，上身还保留着一件高领的红秋衣。

二叔没有让王风马上投入干活儿，要他先看一看，学着点儿。

二叔和张叔叔用镐头刨了一会儿煤，热得把单裤也撕巴下来了，就那么光着身子干活儿。 刚脱掉裤子时，他们的下身还是白的，又干了一会儿，煤粉沾满一身，他们就成黑的了，跟煤壁乌黑的背景几乎融为一体。 王风不敢把矿灯直接照在他们身上，这种远古般的劳动场景让他震惊。 他慢慢地转着脑袋，让头顶的矿灯小心地在煤壁上方移动。 哪儿都是黑的，除了煤就是石头。 这里的石头也是黑的。 王风不知道这是在哪里，不知上面有多高，下面有多厚；也不知前面有多远，后边有多深。 他想，煤窑要是塌下来的话，他们跑不出去，上面的人也没法救他们，他们只能被活埋，永远被活埋。 有那么一刻，他产生了一点幻觉，把刨煤的二叔看成了他爹。 爹赤身裸体地正刨煤，煤窑突然塌了，爹就被埋进去了。 这样的幻觉使他不寒而栗，几乎想逃离这里。 这时二叔喊他，让他过去刨一下煤试试。 他很不情愿，还是战战兢兢地过去了。 煤壁上的煤看上去不太硬，刨起来却感到很硬，镐尖刨在上面，跟刨在石头上一样，震得手腕发麻，也刨不下什么煤来。 他刚刨了几下，头上和浑身的大汗就出来了。 汗流进眼里，是辣的。 汗流进嘴里，是咸的。 汗流进脊梁沟里，把衣服溻湿了。 汗流进裤裆里，裤裆里湿得跟和泥一样。 他流的汗比刨下的煤还多。 他落镐处刨不下煤来，上面没落镐的地方却掉下一些碎煤来，碎煤哗啦一响，打在他安全帽上。 他以为煤窑要塌，惊呼一声，扔下镐头就跑。

二叔喝住了他，骂了他，问他跑什么，瞎叫什么！ "你的胆还没老鼠的胆子大呢，像个男人吗！ 像个挖煤的人吗！要是怕死，你趁早滚蛋！ "

王风惊魂未定，委屈也涌上来，他又哭了。

张敦厚打圆场说："算了算了，谁第一次下窑都害怕，下几次就不怕了。" 他怕这个小点子真的走掉。

二叔命王风接着刨，并让他把衣服都扒掉。 王风把湿透的秋衣脱下来了。 二叔说："把秋裤也脱掉，小鸡巴孩儿，这儿没有女人，没人咬你的鸡巴！ "

　　王风抓住裤腰犹豫了一下，才把秋裤脱下来了。　但他还保留了一件裤衩，没有彻底脱光。　裤衩像是他身体上最后的防线，他露出恼怒和坚定的表情，说什么也不放弃这最后的防线了。

　　一个运煤的窑工到掌子面来了，二叔替下了王风，让王风帮人家装煤。　二叔跟运煤工说："让我侄子帮你装煤吧。"

　　运煤工说："不用不用，我自己来。　你侄子岁数不大呀。"

　　"我侄子是不大，还不到二十岁。"

　　王风看见，运煤工拉来一辆低架子带轱辘的拖车，车架子上放着一只长方形的大荆条筐。　他们就是把煤装进荆条筐里。　王风还看见，车架子一角挂着一个透明的大塑料瓶子，瓶子里装着大半瓶子水。　一看见水，王风感到自己渴了，喉咙里像是在冒火。　他很想跟运煤工商量一下，喝一口他的水。　但他闭上嘴巴，往肚子里干咽了两下，忍住了。

　　运煤工问他："小伙子，发过市吗？"

　　王风眨眨眼皮，不懂运煤工问的是什么意思。

　　张敦厚解释说："他是问你跟女人搞过没有。"

　　王风赶紧摇摇头。

　　运煤工笑了，说："我看你该发市了，等挣下钱，让你叔带你发发市去。"

　　王风把发市的意思听懂了，他像是受到了某种羞辱一样，对运煤工颇为不满。

荆条筐装满了，运煤工把拖车的绳襻斜套在肩膀上，拉起沉重的拖车走了。 运煤工的腰弯得很低，身子贴向地面，有时两只手还要在地上扒一下。 从后面看去，拉拖车的不像是一个人，更像是一匹骡子，或是一头驴。

十一

他们上的是夜班。 头天下窑时，太阳还没落山。 第二天出窑时，太阳已经升起来了。

当王风从窑口出来时，他的感觉像是做了一个长长的噩梦，终于醒过来了。 为了证实确实醒过来了，他就四下里看。 他看见天觉得亲切，看见地觉得亲切。 连窑口拴着的那只狼狗，他看着也不似昨日那么可怕和讨厌了。 也许是刚从黑暗里出来阳光刺目的缘故，也许他为窑上的一切所感动，他的两只眼睛都湿得厉害。

窑工从窑里出来，洗个热水澡是必须的。 澡塘离窑口不远，只有一间屋子。 迎门口支着一口特大号的铁锅。 锅台后面，连着锅台的后壁砌着一个长方形的水泥池子。 水烧热后，起进水泥池子里，窑工就在里面洗澡。 这样的大锅王风见过，他们老家过年时杀猪，就是把吹饱气的猪放进这样的大锅里煺毛。 锅底的煤火红通通的，烧得正旺。 大铁锅敞着口子，水面上走着缕缕热气。 刚到澡塘门口时，由于高高的锅台挡着，王风没看见里面的水泥池子，还以为人直接跳进大锅里洗澡呢！ 这可不行，人要跳进锅里，不把人煮熟才怪。 等他走进澡塘，看见水泥池子，并看见有人正在水泥池子里洗澡，才放心了。

洗澡不脱裤衩是不行了。 王风趁人不注意，很快脱掉裤衩，迈进水泥池子里去了。 池子里的水已稠稠的，也不够深，王风赶紧蹲下身子，才勉强把下身淹住。 他腿裆里刚刚生出一层细毛，细毛不但不能遮羞，反而增添了羞。 这个时候的男孩子是最害羞的。 比如刚从蛋壳里出来不久的小鸟，只扎出了圆毛，还没长成扁毛，还不会飞，这时的小鸟是最脆弱的，最见不得人的。 王风越是不愿意让人看他那个地方，在澡塘里洗澡的那些窑工越愿意看他那个地方。 一个窑工说："哥们儿，站起来亮亮，咱俩比比，看谁的棒。"另一个窑工对他说："哥们儿，你的鸟毛还没扎全哪！"还有一个窑工说："这小子还没开过壶吧！"他们这么一逗，王风臊得更不敢露出下身了。 他蹲着移到水池一角，面对澡塘的后墙，用手撩着水洗脸搓脖子。

一个窑工向着澡塘外面，大声喊："老马，老马！"

老马答应着过来了，原来是一个年轻媳妇。 年轻媳妇说："喊什么喊，这多好的水还埋不住你的腚眼子吗！"

喊老马的窑工说："水都凉了，你再给来点热乎的，让我们也舒服一回。"

"舒服你娘那脚！"年轻媳妇一点也不避讳，说着就进澡塘里了。

那些光着肚子洗澡的窑工更有邪的，见年轻媳妇进来，他们不但不躲避，不遮羞，反而都站起来了，面向年轻媳妇，把阳具的矛头指向年轻媳妇。他们咧着嘴，嘿嘿地笑着，笑得有些傻。只有王风背着身子，躲在那些窑工后面的水里不敢动。他不知道会发生什么样的事。

当年轻媳妇从大锅里起出一桶热水，泼向他们身上时，他们才一起乱叫起来。也许水温有些高，泼在他们身上有点烫。也许水温正好，他们确实感到舒服极了。也许根本就不是水的缘故，而是另有原因，反正他们的确兴奋起来了。他们的叫声像是欢呼，但调子又不够一致。叫声有的长，有的短，有的粗，有的细，而且发的都是没有明确意义的单音。如果单听叫声，人们很难判断出他们是一群人，还是一群别的什么动物。

"瞎叫什么，再叫老娘也没奶给你们吃！"年轻媳妇又起了一桶水，倒进水池里。

一个窑工说："老马，这里有个没开壶的哥们儿，你帮他开开壶怎么样？"

窑工们往两边让开，把王风暴露出来。

"什么？没开过壶？"老马问。

有人让王风站起来，让老马看看，验证一下。

王风知道众人都在看他，那个女人也在看他，他如针芒在背，恨不得把头也埋进水里。

有人动手拉王风的胳膊，有人往后扳王风的肩膀，还有人把脚伸到王风屁股底下去了，张着螃蟹夹子一样的脚指头，在王风的腿裆里乱夹。

王风恼了，说："谁再招我，我就骂人！"

二叔说话了："我侄子害羞，你们饶了他吧。"

年轻媳妇笑了，说："看来这小子真没开过壶。钻窑门子的老不开壶多亏呀，你们帮他开开壶吧！"

一个窑工说："我们要是会开壶还找你干什么，我们没工具呀！"

年轻媳妇说："这话稀罕，我不是把工具借给你了吗？"

那个窑工一时不解，不知年轻媳妇指的是什么。别的窑工也在那个窑工身上乱找，不明白年轻媳妇借给他的工具在哪里。

年轻媳妇把题意点出来了，说："你们往他鼻子底下找。"

众人恍然大悟似的笑了。

王风睡觉睡得很沉，连午饭都没吃，一觉睡到了半下午。刚醒来时，他没弄清自己在哪里。眨眨眼，他才想起来了，自己睡在窑工宿舍里。这个宿舍是圆形的，半截在地下，半截在地上。进宿舍的时候先要下几级台阶，出宿舍也要先低头，先上台阶。整个宿舍打成了地铺，地铺上铺着碎烂的谷草。宿舍没有窗户，黑暗得跟窑下差不多，所以宿舍里一天到晚开着灯。灯泡上落了一层毛茸茸的东西，也很昏暗。 王风看见，二叔和张叔叔也醒了，他们正凑在一起吸烟，没有说话。 二位叔叔眉头皱着，他们的表情像是有些苦闷。 宿舍还住着另外几个窑工，有的还在大睡，有的捏着大针缝衣服，有的把衣服翻过来在捉虱子。 还有一个窑工，身子靠在墙壁上，在看一本书。 书已经很破旧了，封面磨得起了毛。 隐约可以看见，封面上的人物穿的是大红大绿的衣服，好像还有一把闪着光芒的剑。 王风估计，那个窑工看的可能是一本武侠小说。

王风欠起身来，把带来的挎包拉在手边打开了。 他从挎包里拿出来的是他的课本，有英语、物理、政治、语文等。每拿出一本，他翻翻就放下了。 翻开语文课本时，他从课本里拿出一张照片看起来。 照片是他们家的全家福，后面是他爹和他娘，前面是他和妹妹。 看着看着，他就走神了，心思就飞回老家去了。

"王风，看什么呢？" 二叔问。

王风抽了一个冷战，说："照片，我们家的照片。"

"给我看看。"

王风把照片递给了二叔，指着照片上的他爹介绍说："这个就是我爹。"

二叔虎起脸子，狠瞪了他一眼。

王风急忙掩口。 他意识到自己失口了，哪有当弟弟的不认识哥哥的。

二叔说："我知道，这张照片我见过。"说了这句，他意识到自己也失口了，差点露出一个骇人的线索。 为了掩饰，他补充了一句："这张照片是在咱们老家照的。"

张敦厚探过头来，把照片看了一下，他只看了一下就不看了，转向看王明君的眼睛。

王明君也在看他。

两个人同时认定，这张照片跟张敦厚上次撕掉的那张照片一模一样，照片上的那个男人正是他们上次办掉的点子，不用说，这小子就是那个点子的儿子。

二叔把照片还给了王风，说："这张照片太小了，应该放大一张。"王风刚接到照片，他又把照片抽回来了，说："这样吧，我正好到镇上有点事，顺便给你放大一张。"说着就把照片放进自己口袋里，站起来出门去了。 往外走时，他装作无意间碰了张敦厚一下。 张敦厚会意，跟在他后面向宿舍外头走去。 来到一条山沟里，他们看看前后无人，才停下来了。 王明君说："坏了，在火车站这小子一说他姓元，我就觉得不大对劲，怀疑他是上次那个点子的儿子，我就不想要他。 看来真是那个点子的儿子，操他妈的，这事儿怎么这么巧呢！"

张敦厚说："这有什么，只要是两条腿的，谁都一样，我只认点子不认人！"

"咱要是把这小子当点子办了，他们家不是绝后了吗！"

"他们家绝后不绝后跟咱有什么关系，反正总得有人绝后。"

"我总觉得这事儿有点奇怪，这小子不是来找咱们报仇的吧？"

"要是那样的话，更得把他办掉了，来个斩草除根！"他的手向王明君一伸，"拿来！"

"什么？"

"照片。"

王明君把照片掏出来了，递给了张敦厚。张敦厚接过照片，连看都不看，就一点一点撕碎了。他撕照片的时候，眼睛却瞅着王明君，仿佛是撕给王明君看的。

王明君没有制止他撕照片，说："你看我干什么？"

"不干什么，你不是要给他放大吗？"

"去你妈的，你以为我真要给他放大呀，我觉得照片是个隐患，那样说是为了把照片从他手里要过来。"

张敦厚把撕碎的照片扔在地上，一只脚踩上去使劲往土里拧。拧不进土里，他就用脚后跟蹬出一些碎土，把照片的碎片埋上了。

十二

第二次从窑里出来，王风有了收获，带到窑上一块煤。煤块像一只蛤蜊那么大，一面印着一片树叶。发现这块带有树叶印迹的煤时，王风显得十分欣喜，马上拿给二叔看，说："二叔，二叔，你看，这块煤上有一片树叶，这是树叶的

刘庆邦青年时期

刘庆邦(左一)和母亲、弟弟在老家的院子里

刘庆邦夫妇和一双儿女

刘庆邦（左二）和陈世旭、刘醒龙、叶兆言在俄罗斯

在埃及的红海

出席北京作协作家会议

在河南开封郊区的油菜花地

在北京政协会议上

化石。"

二叔说："这有什么稀罕的。"

王风说："稀罕着呢。 老师给我们讲过，说煤是森林变成的，我们还不相信呢。 有了这块带树叶的煤，就可以证明煤确实是亿万年前的森林变成的。"

"煤就是煤，证明不证明有什么要紧。 煤是黑的，再证明也变不成白的。 好了，扔了吧。"

"不，我要把这块煤带回老家去，给我妹妹看看，给老师看看。"

"你打算什么时候回老家？"

"我也不知道。 听二叔您的，您说什么时候回，咱就什么时候回。"

王明君牙齿间冷笑了一下，心说："你小子还惦着回老家呢，过个三两天，你的魂儿回老家去吧。"

王风把煤块拿到宿舍里，又在那里反复看。 印在煤上的树叶是扇面形的，叶梗叶脉都十分清晰。 王风不知道这是什么树的叶子，也许这样的树早就绝种了。 他用手指肚把"扇面"轻轻摸了一下，还捏起两根指头去捏树叶的叶梗。 他想，要是能从煤上揭下一片黑色的树叶，那该多好呀。

同宿舍有一位岁数较大的老窑工问他："小伙子，看什么呢？"

"树叶，长在煤上的树叶。"

"给我看看行吗？"

王风把煤块给老窑工送过去了。 老窑工翻转着把煤块端详了一下，以赞赏的口气说："不错，是树叶。 这树叶就是煤的魂哪！"

王风有些惊奇，问："煤还有魂？"

老窑工说："这你就不懂了吧，煤当然有魂。 以前这地方不把煤叫煤，你知道叫什么吗？"

"不知道。"

"叫神木。"

"神木？"

"对，神木。 从前，这里的人并不知道挖煤烧煤。 有一年发大水，把煤从河床里冲出来了。 人们看见黑家伙身上有木头的纹路，一敲当当响，却不是木头，像石头。 人们把黑家伙捞上来，也没当回事，随便扔在院子里，或者搭在厕所的墙头上了。 毒太阳一晒，黑家伙冒烟了，这是怎么回事，难道黑家伙能当木头烧锅吗？ 有人把黑家伙敲下一块，扔进灶膛里去了。 你猜怎么着，黑家伙烘烘地着起来了，浑身通红，冒出的火头蓝荧荧的，真是神了。 大家突然明白了，这是大树老得变成神了，变成神木了。"

王风听得眼睛亮亮的，说："我这块煤就是带树叶的神木。"

王明君不想让王风跟别人多说话，以免露了底细，说："王风，我让你刮胡子你刮了吗？"

"还没刮。"

"你这孩子就是不听话，要是这样的话，下次我就不带你出来了。马上刮去吧。"

王风从书包里拿出刮胡子刀，开始刮胡子。他把唇上的一层细细的绒毛摸了摸，迟疑着下不了刀子。他这是平生第一次刮胡子，心里不大情愿。他也听说过，胡子越刮长得越旺。他不想让胡子长旺。男同学们都不想让胡子长旺。胡子一长起来，就不像个学生了。可是，二叔让他刮，他不敢不刮。二叔希望他尽快变成一个大人的样子，他不能违背二叔的意志。把刀片的利刃贴在上唇上方，他终于刮下了第一刀。胡子没有发出什么声响，第一茬胡子就细纷纷地落在地铺的谷草上。他是干刮，既没湿水，也没打肥皂。刮过之后，他觉得嘴唇上面有点热辣辣的，像是失去了什么。他不由地生出了几分伤感。

下午睡醒后，王风拿出纸和笔，给家里人写信。他身子靠着墙，把课本搁在膝盖上，信纸垫着课本写。娘不识字，他把信写给妹妹了。他以前没写过信，每写一句都要想一想。想起妹妹，好像是看见了妹妹。问起娘，好像是看到了娘。提到尚未找到的爹，他像是看到了爹。不知怎么留下的印象，他想到哪一位亲人，那位亲人就以一种特定的形象出现在他的脑海里：妹妹是在娘面前哭，怕娘不让她上学；娘是满头草灰、满头大汗地在灶屋里做饭；爹呢，则是背着铺盖卷儿刚从外面回家。亲人的形象在他脑子里闪过，他的鼻子酸了又酸，眼圈红了又红。要不是他揉了好几次眼，他的眼泪几乎打在信纸上了。

张敦厚碰碰王明君，意思让他注意王风的一举一动。 王明君看出王风是给家里人写信，故意问道："王风，给女同学写信呢？"

王风说："不是，是给我妹妹写。"

"你在学校里跟女同学谈过恋爱吗？"

王风的脸红了，说："没有。"

"为什么？ 没有女同学喜欢你吗？"

"老师不准同学们谈恋爱。"

"老师不准的事儿多着呢，你偷偷地谈，别让老师发现不就得了。 跟二叔说实话，有没有女同学喜欢过你？"

王风皱起眉想了一下，还是说没有。

"再到学校自己谈一个，那样我和你爹就不用操你的心了。"

王风写完了信，王明君马上把信要过去了，说他要到镇上办点事，捎带着替王风把信送到邮局发走。 王风对二叔深信不疑。

王明君拿了信，就到附近的一条山沟里去了。 张敦厚随后也去了。 他们找了一个背风和背人的地方，坐下来看王风的信。 王风在信上告诉妹妹，他现在找到了工作，在一个矿上挖煤。 等他发了工资，就给家里寄回去，他保证不让妹妹失学。 他要妹妹一定要努力学习。 说他放弃了上学，正是为了让妹妹好好上学，希望妹妹一定要争气啊！ 他问娘的身体怎么样，让妹妹告诉娘，不要挂念他。他用了一个词，好男儿志在四方。他也是一个男儿，不能老靠娘养活，该出来闯一闯了。还说他工作的地方很安全，请娘不要为儿担心。他说，他还没有打听到爹的下落，他会继续打听，走到哪里打听到哪里。有了钱后，他准备到报社去，在报纸上登一个寻人启事。他不相信爹会永远失踪。王明君还没把信看完，张敦厚捅了他一下，让他往山沟上面看。王明君仰起脸往对面山沟的崖头上一看，赶紧把信收起来了。崖头上站着一个居高临下的人，人手里牵着一条居高临下的狗，人和狗都显得比较高大，几乎顶着了天。人是本窑的窑主，狗是窑主的宠信。窑主及其宠信定是观察过他们一会儿了，窑主大声问："你们两个干什么呢？鬼鬼祟祟的，不是在搞什么特务活动吧？"

狼狗随声附和，冲他们威胁似的低吠了两声。

王明君说："是矿长呀！我让侄子给家里写了一封信，我给他看看有没有错别字。"

"看信不在宿舍里看，钻到这里干什么！"

"我要把信送走，不知道路，一走就走到这里来了。"

"我告诉你们，要干就老老实实地干，不要给我捣乱！"

狗挣着要往山沟下冲，窑主使劲拽住了它，喝道："哎，老希，老希，老实点儿！"窑主给老希指定了一个方向，他和老希沿着崖头上沿往前走了。老希在前面挣，窑主在后面拖。老希的劲很大，窑主把铁链子后面的皮绳缠在手上，双脚戗地，使劲往后仰着身子，还是被老希拖得跌跌撞撞，收不住势。

王明君一直等到窑主和狗在崖头上消失，才接着把信看完。 王风在信的最后说，他遇到了两个好心人，一个是王叔叔，一个是张叔叔。 两个叔叔都对他很关心，像亲叔叔一样。 王明君把信捏着，却没有说信的事儿。 对窑主的突然出现，他心里还惊惊的，吸了一下牙说："我看这个窑主是个老狐狸，他是不是发现咱们有什么不对劲的地方了？"

张敦厚说："不可能，他是出来遛狗，偶然碰见我们了。狗不能老拴着，每天都要遛一遛。 你不要疑神疑鬼。"

王明君不大同意张敦厚的说法，说："反正我觉得这个窑主不一般，不说别的，你听他给狗起的名字，希特勒，把'希特勒'牵来牵去的人，能是好对付的吗！"

"不好对付怎么的，窑上死了人他照样得出血。 你只管把点子办了，我来对付他！"张敦厚把信要过去，看了一遍。 他没把信还给王明君，冷笑一下，就把信撕碎了，跟撕毁照片一样。

王明君不悦："你，怎么回事？"

"我怎么了？"

"我自己不会撕吗？"

"会撕是会撕，我怕你舍不得撕。"

"这是什么意思？"

"什么意思这要问你，你是不是同情那小子了？"

王明君打了一个愣，否认说："我干吗要同情他！ 我同情他，谁同情我？"

张敦厚说："这就对了。 你想想看，这信要是发出去，就等于把商业秘密泄露出去了，咱们的生意就做不成了。 就算咱硬把生意做了，这封信捏在人家手里，也是一个祸根。"

"就你他妈的懂，我是傻子，行了吧！ 我把信要过来为什么，还不是为了随时掌握情况，及时堵塞漏洞。 我主要是想着，这小子来到人世走一回，连女人是什么味都没尝过，是不是有点亏？"

"这还不好办？ 把他领到路边饭店，或者发廊，找个女人让他玩一把不就得了。"

"把这个任务交给你，你带他去玩吧。"

张敦厚不由地往旁边躲了一下，说："那是你侄子，干吗交给我呀！ 有那个钱，我自己还想玩呢。 再说了，咱们以前办的点子，从来没有这个项目，谁管他日不日女人。"

王明君指着张敦厚："这就是你的态度？ 你不合作是不是？"

"谁不合作了？ 我说不合作了吗？"

"那你为什么斤斤计较，光跟我算小账？"

张敦厚见王明君像是恼了，做了妥协，说："得得得，钱你先垫上，等窑主把钱赔下来，咱哥俩儿平摊还不行吗！"

张敦厚主张当天下午就带王风去开壶，王明君坚持明天再去。两个人在这个问题上又产生了分歧。张敦厚认为，解决点子要趁早，让点子多活一天，就多一天的麻烦。王明君说，今天他累了，没精神，不想去。要去，由张敦厚一个人带点子去。张敦厚向王明君伸手，让王明君借钱给他。王明君在他手上狠抽了一巴掌，说："借给你一根鸡巴，拿回去给你妹妹用吧！"

不料张敦厚说："拿来，拿来，鸡巴我也要，我炖炖当狗鞭吃。"

"没有你不要的东西，我看你小子完了，不可救药了。"

十三

这天下班后，他们吃过饭没有睡觉，王明君和张敦厚就带王风到镇上去了。按照昨天的计划，在办掉点子之前，他们要让这个年轻的点子尝一尝女人的滋味，真正当一回男人。

走出煤矿不远，他们就看见路边有一家小饭店。饭店门口的高脚凳子上坐着两个小姐。阳光亮亮的，他们远远地就看见两个小姐穿得花枝招展，脸很白，嘴唇很红，眉毛很黑。张敦厚对王风说："看，鸡。"

王风往饭店门前看了看，说："没有鸡呀。"

张敦厚让他再看看。

王风还是没看见，他问："是活鸡还是死鸡？"

张敦厚说:"当然是活鸡。"

王风摇头,说:"没看见。 只有两个女的在那儿嗑瓜子儿。"

"对呀,那两个女的就是鸡。"

王风不解,说:"女的是人,怎么能是鸡呢!"

张敦厚笑着拍了一下王明君,说:"你二叔对鸡很有研究,让你二叔给你讲讲。"

王风求知似的看着二叔。

二叔说:"别听你张叔叔瞎说,我也不懂。 女人是人,鸡是鸡。 鸡可以杀吃,女人又不能杀吃,干吗把人说成鸡呢!"

张敦厚想了想说:"谁说女人不能杀吃,只是杀法不太一样,鸡是杀脖子,女人是杀下边。"

这话王风更不懂了,说:"怎么能杀人呢!"

杀人的话题比较敏感了,二叔说:"你张叔叔净是胡扯。"

王明君本想把这家小饭店越过去,到镇子上再说。 到了跟前,才知道越过去是不容易的。 两位小姐一看见他们,就站起来,笑吟吟地迎上去,叫他们"这几位大哥",给他们道辛苦,请他们到里面歇息。

王明君说:"对不起,我们吃过饭了。"

一位小姐说:"吃过饭没关系,可以喝点茶嘛。"

王明君说:"我们不渴,不喝茶。 我们到前边看看。"

另一位小姐说:"怎么会不渴呢? 出门在外的,男人家没有一个不渴的。"

张敦厚大概想在这里让点子解决问题,问:"你们这里都有什么茶,有花茶吗?"

一位小姐说:"有呀,什么花都有,你们想怎么花就怎么花。"

两位小姐说着就上来了,样子媚媚的,分别推王明君和张敦厚的腰窝。

二人经不起小姐这样推法,嘴当家腿不当家,说着不行不行,腿已经插入饭店的门口里了。 饭店里空空的,没有别的客人。

只有王风站在饭店门外没动。 他没见过这样的阵势,不知会发生什么事情。

一个小姐回头关照他,说:"这个小哥哥,进来呀,愣着干什么! 我们不是老虎,不吃人。"

二叔说:"进来吧,咱们坐一会儿。"

王风这才迟疑着进去了。

他们刚坐定,站在柜台里面的女老板过来了,问他们用点什么。 女老板个子高高的,姿色很不错,看样子岁数也不大,不会超过三十岁。 关键是女老板笑得很老练,很有一股子抓人的魅力,让人不可抗拒。

王明君问:"你们这里有什么?"

女老板说:"我们这里有小姐呀,只要有小姐,就什么都有了，对不对？"

王明君不由地笑了笑，承认女老板说得很对，但他还是问了一句："你们这里有按摩服务吗？"

"当然有了，你们想怎么按就怎么按，做爱也可以。"

"啊，做爱！"做爱的说法使张敦厚激动得嘴都张大了，"这个词儿真他妈的好听。"

王风的脸红了，眼不敢看人。他懂得做爱指的是什么。

王明君让女老板跟他到一边去了，他小声跟女老板讨价还价。女老板说做一次二百块。他说一百块。后来一百五成交。女老板说："你们三个人，我这里只有两个小姐，你们当中的一个人还要等一下。"

王明君把女老板满眼瞅着，说："加上你不是正好嘛，咱俩做怎么样？"

女老板微笑得更加美好，说："我不是不可以做，不过你至少要出五百块。"

王明君说："开玩笑开玩笑。"他把王风示意给女老板看，小声说："那是我侄子，今天我主要是带他来见见世面，开开眼界。"

女老板似乎有些失望。

王明君回过头做王风的思想工作，说："我看你这孩子力气还没长全，干起活儿来没劲。今天呢，我请人给你治治。你不用怕，一不给你打针，二不让你吃药，就是给你做一个全身按摩。经过按摩，你的肌肉就结实了，骨头就硬了，人就长大了。"

女老板指派一个小姐过来了，小姐对王风说："跟我来吧。"

王风看着二叔。 二叔说："去吧。"

跟小姐走了两步，王风又退回来了，对二叔说："我不想按摩，我以后加强锻炼就行。"

二叔说："锻炼代替不了按摩，去吧，听话。 我和张叔叔在这里等你。"

饭店后墙有一个后门，开了后门，现出后面一个小院，小院里有几间平房。 小姐把王风领到一间平房里去了。

不大一会儿，王风就跑回来了，他满脸通红，呼吸也很急促。

二叔问："怎么回事？"

王风说："她脱我的裤子，还，还……我不按摩了。"

二叔脸子一板，拿出了长辈的威严，说："混蛋，不脱裤子怎么按摩！ 你马上给我回去，好好配合人家的治疗，人家治疗到哪儿，你都得接受。 不管人家用什么方法治疗，你都不许反对。 再见你跑回来我就不要你了！"

这时那位小姐也跟出来了，在一旁吃吃地笑。 王风极不情愿地向后院走时，王明君却把小姐叫住了，向小姐询问情况。

小姐说："他两手捂着那地方，不让动。"

"他不让动，你就不动了，你是干什么吃的！ 把你的技术使出来呀！ 我把丑话说到前面——"说到这里，他看了一眼回到柜台里的老板娘，意思让老板娘也听着，"你要是不把他的东西弄出来，我就不付钱。"

张敦厚趁机把小姐的屁股摸了一把，嘴脸馋得不成样子，说："我这位侄子还是个童男子，一百个男人里边也很难遇到一个，你吸了他的精，我们不跟你要钱就算便宜。"

小姐到后院去了，另一个小姐继续到门外等客，王明君和张敦厚就看着女老板笑。 女老板也对他们笑。 他们笑意不明，都笑得有些怪。 女老板对王明君说："你对你侄子够好的。"

王明君却叹了一口气说："当男人够亏的，拼死拼活挣点钱，你们往床上一仰巴，就把男人的钱弄走了。 有一点我就想不通，男人舒服，你们也舒服，男人的损失比你们还大，干吗还让男人掏钱给你们！"

女老板说："这话你别问我，去问老天爷，这是老天爷安排的。"

说话之间，王风回来了。 王风低头走到二叔跟前，低头在二叔跟前站下，不说话。 他脸色很不好，身上好像还有些抖。

二叔问："怎么，完事儿了？"

王风抬起头来看了看二叔，嘴一瘪咕一瘪咕，突然间就哭起来了，他咧开大嘴，哭得呜呜的，眼泪流得一塌糊涂。他哭着说："二叔，我完了，我变坏了，我成坏人了……"哭着，一下子抱住了二叔，把脸埋在二叔肩膀上，哭得更加悲痛。

二叔冷不防被侄子抱住，吓了一跳。但他很快明白了这是怎么回事，男孩子第一次发生这事，一点也不比女孩子好受。他搂住了王风，一只手拍着王风的后背，安慰王风说："没事儿，啊，别哭了。作为一个男人，早晚都要经历这种事儿，经历过这种事儿就算长成人了。你不要想那么多，权当二叔给你娶了一房媳妇。"这样安慰着，他无意中想到了自己的儿子，仿佛怀里搂的不是侄子，而是自己的亲生儿子。他未免有些动感情，神情也凄凄的。

那位小姐大概被王风的痛哭吓住了，躲在后院不敢出来。女老板摇了摇头，不知在否定什么。张敦厚笑了一下又不笑了，对王风说："你哭个球呢，痛快完了还有什么不痛快的！"

王风的痛哭还止不住，他说："二叔，我没脸见人了，我不活了，我死，我……"

二叔一下子把他从怀里推开，训斥说："死去吧，没出息！我看你怎么死，我看你知不知道一点好歹！"

王风被镇住了，不敢再大哭，只抽抽噎噎的。

十四

他们三人回到矿上，见窑主的账房门口跪着两个人，一个大人和一个孩子。 大人年龄也不大，看上去不过二十七八岁。 他是一个断了一条腿的瘸子，右腿连可弯曲下跪的膝盖都没有了，空裤管打了一个结，断腿就那么直接悬着。 大概为了保持平衡，他右手扶着一支木拐。 孩子是个男孩，五六岁的样子。 孩子挺着上身，跪得很直。 但他一直塌蒙着眼皮，不敢抬头看人。 孩子背上还斜挎着一个脏污的包袱。 王明君他们走过去，正要把跪着的两个人看一看，从账房里出来一个人，挑挑手让他们走开，不要瞎看。 这个人不是窑主，像是窑主的管家一类的人物。 他们往宿舍走时，听见管家喝向断腿的男人："不是赔过你们钱了吗，又来干什么！再跪断一条腿也没用，快走！"

断腿男人带着哭腔说："赔那一点钱够干什么的，连安个假腿都不够。 我现在成了废人，老婆也跟我离婚了，我和我儿子怎么过呀，你们可怜可怜我们吧！"

"你老婆和你离不离婚，跟矿上有什么关系。 你不是会告状吗，告去吧。 实话告诉你，我们把钱给接状纸的人，也不会给你。 你告到哪儿也没用！"

"求求你，给我儿子一口饭吃吧，我儿子一天没吃饭了，我给你磕头，我给你磕头……"

他们下进宿舍刚睡下，听见外面人嚷狗叫，还有人大声喊救命，就又跑出来了。 别的窑工也都跑出来看究竟。

窑口煤场停着一辆装满煤的汽车，汽车轰轰地响着。 两个壮汉把断腿的男人连拖带架，往煤车上装。 断腿的人一边使劲扭动，拼命挣扎，一边声嘶力竭地喊："放开我！ 放开我！ 还我的腿，你们还我的腿！ 我儿子，我儿子！"

儿子哇哇大哭，喊着："爸爸！ 爸爸！"

狼狗狂叫着，肥大的身子一立一立的，把铁链子抖得哗哗作响。

两个壮汉像往车上装半布袋煤一样，胡乱把断腿的人扔到煤车顶上去了，把他的儿子也弄上去了。 汽车往前一蹿开走了。 断腿的人抓起碎煤面子往下撒，骂道："你们都不得好死！"

汽车带风，把小男孩儿头上的棉帽子刮走了。 棉帽子落在地上，翻了好几个滚儿才停下。 小男孩儿站起来看他的帽子，断腿的人一把把他拉坐下了。

窑主始终没有露面。

回到宿舍，窑工们蔫蔫的，神色都很沉重。 那位给王风讲神木的老窑工说："人要死就死个干脆，千万不能断胳膊少腿。 人成了残废，连狗都不待见，一辈子都是麻烦事。"

张敦厚悄悄地对王明君说："咱要狠狠地治这个窑主一下子。"

王明君明白，张敦厚的言外之意是催他赶快把点子办掉。 他没有说话，扭脸看了看王风。 王风已经睡着了，脸色显得有些苍白。 这孩子大概在梦里还委屈着，他的眼睫毛是湿的，还时不时地在梦里抽一下长气。

下午太阳落山的时候，他们从狼狗面前走过，又下窑去了。 这是他们三个在这个私人煤窑干的第五个班。 按照惯例，王明君和张敦厚应该把点子办掉了。 窑上的人已普遍知道了王风是王明君的侄子，这是一。 他们的劳动也得到了窑主的信任，窑主认为他们的技能还可以，这是二。 连狼狗也认可了他们，对他们下窑上窑不闻不问，这是三。 看来铺垫工作已经完成了，一切条件都成熟了，只差把点子办掉后跟窑主要钱了。

窑下的掌子面当然还是那样隐蔽，氛围还是那样好，很适合杀人。 镐头准备好了，石头准备好了，夜幕准备好了，似乎连污浊的空气也准备好了，单等把点子办掉了。 可是，时间在一分一秒地过去，运煤的已经运了好几趟煤，王明君仍然没有动手。

张敦厚有些急不可耐，看了王明君一次又一次，用目光示意他赶快动手。 他大概觉得用目光示意不够有力，就用矿灯代替目光，往王明君脸上照。 还用矿灯灯光的光棒子往下猛劈，用意十分明显。 然而王明君好像没领会他的意图，没有往点子身边接近。

张敦厚说："哥们儿，你不办我替你办了！"说着笑了一下。

王明君没有吭声。

张敦厚以为王明君默认了，就把镐头拖在身后，向王风靠近。

王风已经学会刨煤了。 他把煤壁观察一下，用手掌摸一摸，找准煤壁的纹路，用镐尖顺着纹路刨。 他不知道煤壁上的纹路是怎样形成的。 按他自己的想象，既然煤是树木变成的，那些纹路也许是树木的花纹。 他顺着纹路把煤壁掏成一个小槽，然后把镐头翻过来，用镐头铁锤一样的后背往煤壁上砸。 这样一砸，煤壁就被震松了，再刨起来，煤壁就土崩瓦解似的纷纷落下来。 王风身上出了很多汗，细煤一落在他身上，就被他身上的汗水粘住了，把他变成了一个黑人，或者是一块人形的煤。 不过，他背上的汗水又把沾在身上的煤粉冲开了，冲成了一道道小溪。 如果把王风的脊背放大了看，他的背仿佛是一个浅滩，浅滩上淙淙流淌着不少小溪，黑的地方是小溪的岸，明的地方是溪流中的水。 中间那道溪流为什么那样宽呢，像是滩上的主河道。 噢，明白了，那是王风的脊梁沟。 王风没有像二叔和张叔叔那样脱光衣服，赤裸着身子干活，他还是坚持穿着裤衩干活。 很可惜，他的裤衩已经看不出原来的颜色了，变成了黑色的。 而且，裤衩后面还烂了一个大口子，他每刨一下煤，大口子就张开一下，仿佛是一个垂死呼吸的鱼嘴。 这就是我们的高中一年级的一个男生，他的本名叫元凤鸣，现在的代号叫王风。 他本来应该和同学们一起，坐在教室里听老师讲课。 听老师讲数学讲语文，也跟老师学音乐学绘画。 下课后，他应该和同学们到宽阔的操场上去，打打篮球，玩玩单双杠，或做些别的游戏。 可是，由于生活所逼，他却来到了这个不为人知的万丈地底，正面临着生命危险。

张敦厚已经走到了王风身后，他把镐头拿到前面去了，他把镐头在手里顺了顺，他的另一只手也握在镐把上了，眼看他就要把镐头举起来——

这时王明君喊了一声："王风，注意顶板！"

王风应声跳开了，脱离了张敦厚的打击范围。他以为真的是顶板出了问题，用矿灯在顶板上照。

王风跳开后，张敦厚被暴露在一块空地里。他握镐的手松垂下来了，镐头拖向地面。尽管他的意图没有暴露，没有被毫无防人之心的王风察觉，他还是有些泄气，进而有些焦躁。他认为王明君喊王风喊得不是时候，不然的话，他一镐下去就把点子办掉了。他甚至认为，王明君故意在关键时候喊了王风一嗓子，意在提醒王风躲避。躲避顶板是假，躲避打击是真。他不明白这是为什么？为什么？难道王明君不愿让他替他下手？难道王明君不想跟他合作了？难道王明君要背叛他？他烦躁不安地在原地转了两圈，就气哼哼地靠在巷道边坐下了。坐下时，他把镐头的镐尖狠狠地往底板上刨去。底板是一块石头，镐尖打在上面，砰地溅出一簇火花。亏得这里瓦斯不是很大，倘是瓦斯大的话，有这簇火花作引子，窑下马上就会发生瓦斯爆炸，在窑底干活的人统统都得完蛋。

张敦厚坐了一会儿，气不但没消，反而越生越大，赌气变成了怒气。他看王风不顺眼，看王明君也不顺眼。他不明白，王风这点子怎么还活着，王明君这狗日的怎么还容许点子活着。 点子一刻不死，他就一刻不痛快，好像任务没有完成。 王明君迟迟不把点子打死，他隐隐觉得哪里出了毛病，出了障碍，不然的话，这次合作不会如此别扭。 王明君让王风歇一会儿，他自己到煤壁前刨煤去了。 他刨着煤，还不让王风离开，教王风怎样问顶。 说如果顶板一敲当当响，说明顶板没问题；如果顶板发出的声音空空的，就说明上面有了裂缝，一定要加倍小心。 他站起来，用镐头的后背把顶板问了问。 顶板的回答是空洞的，还有点闷声闷气。 王风看看王明君。 王明君说，现在问题还不大，不过还是要提高警惕。 张敦厚在心里骂道："警惕个屁！"看着王明君对王风那么有耐心，他对他们二人的关系产生了怀疑，难道王明君真把王风当成了自己的亲侄子？ 难道他们私下里结成了同盟，要联合起来对付他？ 张敦厚顿时警觉起来，不行，一定要尽快把点子干掉。 于是他装出轻松的样子，又拖着镐头向王风走过去。 他喉咙里还哼哼着，像是哼一支意义不明的小曲儿。 他用小曲迷惑王风，也迷惑王明君。 他在身子一侧又把镐头握紧了，看样子他这次不准备用双手握镐把儿了，而是利用单手的甩力把镐头打击出去。 以前，他打死点子时，一般都是从点子的天灵盖上往下打，那样万一有人验伤时，可以轻易地把受伤处推给顶板落下的石头。 这次他不管不顾了，似乎要把镐头平甩出去，打在王风的耳门上。 就在他刚要把镐头抡起来时，王明君再次干扰了他，王明君喊："唐朝阳！"

提起唐朝阳，等于提起张敦厚上次的罪恶，他一愣，仿佛自己头上被人击了一镐，自己手里的镐头差点松脱了。他没有答应，却问："你喊谁？谁是唐朝阳？"

王明君没有肯定他就是唐朝阳，过去抓住他的一只胳膊，把他拉到掌子面外头的巷道里去了。张敦厚意识到王明君抓他的胳膊抓得有些狠，胳膊使劲一甩，从王明君手里挣脱了。他骂了王明君，质问王明君要干什么。

王明君说："咱不能坏了规矩。"

"什么规矩？"

王明君刚要说明什么规矩，王风从掌子面跟出来了，他不知道两个叔叔之间发生了什么事。

王明君厉声喝道："你出来干什么？回去，好好干活！"

王风赶紧回掌子面去了。

王明君说出的规矩是，他们还没有让王风吃一顿好吃的，还没有让王风喝点上路的酒。

张敦厚不以为然，说："小鸡巴孩儿，他又不会喝酒。"

"会不会喝酒是他的事儿，让不让喝酒是咱的事儿，大人小孩儿都是人，规矩对谁都一样。"

张敦厚很不服，但王明君的话占理，他驳不倒王明君。他的头拧了两下，说："明天再不办咋说？"

"明天肯定办。"

"你啃谁的腚？我看没准儿。"

"明天要是办不成，你就办我，行了吧！"

张敦厚没有说话。

这个时候，张敦厚应该表一个态，指出王明君是开玩笑，他不说话是危险的，至少王明君的感觉是这样。

等张敦厚觉出空气沉闷应该开一个玩笑时，他的玩笑又很不得体，他说："你是不是看中那小子了，要留下做你的女婿呀！"

"留下给你当爹！"王明君说。

十五

最后一个班，王明君在掌子面做了一个假顶。所谓假顶，就是上面的石头已经悬空了，王明君用一根点柱支撑住，不让石头落下来。需要石头落下来时，他用镐头把点柱打倒就行了。这个办法类似用木棍支起筛子捉麻雀，当麻雀来到筛子下面时，把木棍拉倒，麻雀就被罩在下面了。不对，筛子扣下来时，麻雀还是活的，而石头拍下来时，人十有八九会被拍得稀烂。王明君把他的想法悄悄地跟张敦厚说了，这次谁都不用动手，他要制造一个真正的冒顶，把点子砸死。

张敦厚笑话他，认为他是脱下裤子放屁，多此一举。

王明君把假顶做好了，只等王风进去后，他退到安全地带，把点柱弄倒就完了。那根点柱的作用可谓千钧一发。

在王明君煞费苦心地做假顶时，张敦厚没有帮忙，一直用讥讽的目光旁观他，这让王明君十分恼火。假顶做好后，张敦厚却过去了，把手里的镐头对准点柱的根部说："怎么样，我试试吧？"

王明君正在假顶底下，如果张敦厚一试，他必死无疑。"你干什么？"王明君从假顶下跳出来了，跳出来的同时，镐头阻挡似的朝张敦厚抡了一下子。他用的不是镐头的后背，而是镐头的镐尖，镐尖抡在张敦厚的太阳穴上，竟把张敦厚抡倒了。天天刨煤，王明君的镐尖是相当尖利的，他的镐尖刚脱离张敦厚的太阳穴，成股的鲜血就从张敦厚脑袋一侧滋冒出来。这一点既出乎张敦厚的意料，也出乎王明君的意料。

张敦厚的眼睛瞪得十分骇人，他的嘴张着，像是在质问王明君，却发不出声音。但他挣扎着，抱住了王明君的一只脚，企图把王明君拖到假顶底下，他再把点柱蹬倒……

王明君看出了张敦厚的企图，就使劲抽自己的脚。抽不出脚来，他也急眼了，喊道："王风，快来帮我把这家伙打死，就是他打死了你爹，快来给你爹报仇！"

王风吓得往后退着，说："二叔，不敢……不敢哪，打死人是犯法的。"

指望不上王风，王明君只好自己抡起镐头，在张敦厚头上连砸几下，把张敦厚的头砸烂了。

王风捂着脸哭起来了。

"哭什么,没出息! 不许哭,给我听着!"王明君把张敦厚的尸体拖到假顶下面,自己也站到假顶底下去了。

王风不敢哭了。

"我死后,你就说我俩是冒顶砸死的,你一定要跟窑主说我是你的亲二叔,跟窑主要两万块钱,你就回家好好上学,哪儿也不要去了!"

"二叔,二叔,你不要死,我不让你死!"

"不许过来!"

王明君朝点柱上踹了一脚,磐石般的假顶骤然落下,烟尘四起,王明君和张敦厚顿时化为乌有。

王风没有跟窑主说王明君是他的亲二叔,他把在窑底看到的一切都跟窑主说了,说的全部是实话。 他还说,他的真名叫元凤鸣。

窑主只给了元凤鸣一点回家的路费,就打发元凤鸣回家去了。

元凤鸣背着铺盖卷儿和书包,在一道荒路茫茫的土梁上走得很犹豫。 既没找到父亲,又没挣到钱,他不想回家。可不回家又到哪里去呢!

1999 年 6 月 1 日至 7 月 9 日写于北京

一

乔新枝下山打水，水还没有打进桶里，雪已经下大了。冬天下雪不像夏天下雨，夏天的雨到来之前，总是把声势造得很足，又是刮风，又是打闪打雷，清扫街面和鸣锣开道似的。 雪没有那么大的派头，也不需要任何人迎接，它不声不响，素面素裙，说下来就洋洋洒洒下来了。 别看夏天的雨提前把动静搞得很大，有时并不见得下一星半点，只折腾一阵就过去了，让人失望。 悄然而至的大雪却往往能给人们带来欣喜。 一个背书包的小姑娘正在路上走，怎么觉得耳朵上凉了一下呢？ 仰脸看，哦，下雪了。 在小姑娘仰脸的工夫，已有几朵雪花落在她的睫毛上，沾得小姑娘眼窝子有些湿。一位矿工的老婆正在小屋门口给丈夫绣鞋垫，她绣的不是鸳鸯鸟，是平安字。 刚才光线有点暗，这会儿怎么有点明呢？往门外一瞅，我的老天爷，雪下得真大。 她没有接着绣鞋垫，就那么不回眼地望着漫天大雪。 只望了一会儿，她的目光就有些迷离，好像走神儿走到别处去了。 从井下出来的矿工对下雪更喜欢些。 井下一团漆黑，井上一片雪白。 他们浑身上下都是黑，大雪从天到地都是白。 他们往雪地里一站，一幅两色木刻画就出来了，黑色凸现的是矿工，雪地部分是留白。 可挖煤的人从来无意把自己变成画，他们一到雪地里就比较兴奋、活跃，一边吟诗一样嚷着好雪、好雪，一边用大胶靴把积雪踢得飞扬起来。 乔新枝也不反对下雪。这里是山区，从春季到秋季，雨水总是很少。 只有到了冬天，人们才有望盼到两三场雪。 这是入冬的第二场雪。 头一场雪下得比较小，只盖了盖地皮就停了，孩子想团一个雪球都搜集不够。 这场雪一上来就铺天盖地，总算像个样子。

提着水桶下山时，乔新枝只见天气有些阴，没料到大雪说来就来，下得这么大。 她穿的衣服不算厚，那块红围巾也没有顶在头上。 好在下雪时总有一些绵绵的暖意，她并不觉得冷。 没戴围巾也没关系，她留的是剪发头，任大朵的雪花戴满一头就了。 乔新枝不是一下来就能打到水，她每次打水都要排一会儿队。 南山和北山的山坡上都住有不少矿工和他们的家属，两山之间的山脚处只有一个水龙头，山上的人们用水只能到水龙头下面接。 他们不排队不行吗？ 不行。因为矿上一天只供两次水，上午是八点到十点，下午是从五点到七点，过了这两个时间，水龙头的龙嘴就闭得紧紧的，一滴水都不出。 排在乔新枝前面的人还有好几个，三个和她年龄相仿的矿工老婆，一个老奶奶，用木棍合抬一只水桶的兄妹，还有一个挂着单拐的小伙子。 乔新枝很有些替小伙子担心，好天好地时，小伙子提一桶水上山都很费劲，下雪路滑，不知小伙子能不能把水提到山上去。 水龙头高出地面三尺余，为了防冻，铁水管从脚到头缠了厚厚的谷草绳。 这样一来，水管和水龙头显得有些臃肿，它不像一条龙，倒像一只挺立着的大鸟。 雪花落在谷草绳的绒毛上，使"大鸟"变成了白色鸟。 水龙头一拧开，就不再关闭。 眼看前面一只水桶快要满了，几乎在满水桶提开的同时，后面一只空水桶遂迎接上去。 前后快速衔接不会浪费水，也让打水人节省了排队时间。 不管桶大桶小，他们提的都是铁皮桶。 水注进桶里时，由浅到深，发出的响声是不同的。 先是叮叮咚咚，如击铁鼓。 再是水花激扬，笑语喧哗。 最后水将满时，水声却小了下来，有点小心谨慎和收敛的意思。 每一个前来取水的人眼睛不必盯着水龙头，他们只听水声，就知道桶里的水到了什么程度。 雪幕把取水的小小队伍变得有些模糊，他们都没有说话，只有水流在不断独语。 或许是大雪来得有些突然，他们还没有做出防备，一时无话可说。 或许是笼罩性的大雪让他们有所迷失，他们要想一想，自己这会儿在哪里。

乔新枝把铁桶提在手里，一直没有放在地上。 大雪花子纷纷飞进桶里去了，她似乎听见雪花如粉蝶子一样扇动翅膀的嗡嗡声。 桶底是湿的，先落底的雪花滋地就化了。 耐不住雪花前仆后继，层层铺垫，后来的雪花就在桶底攒住了，并把桶底覆盖。 这时她有了一个想法，倘是雪花落满一桶，她就不接水了，化雪代水算了。 她为自己的想法感到可笑，

微笑一下就把想法否定掉了。 雪花是水变成的不假，可雪花
把水夸大了，几桶雪才能化一桶水呢！ 再说雪化成的水是浑
白的，毕竟不能代替从地底下抽出来的清水。 她手中的铁桶
是大号的，每天又要洗菜，又要做饭，又要刷锅，还要给儿
子小火炭洗尿布，一大桶水必不可少。 因儿子在床上放着，
她回头往山上自家的小屋望了好几回。 小屋是丈夫在工友们
的帮助下，在山上就地采石头垒成的，屋顶上盖的也是石头
片子。 由于动态如静态般的大雪层层遮挡，也是由于大雪很
快把石头小屋变成白色，她几乎望不到自家的屋子了。 她不
害怕，她相信不管雪下得多大，都不会把屋子压垮。 尽管大
雪把屋子变得跟雪一样白，屋子也不会随雪飘走。 还有儿
子，她不用担心灰狼闯进小屋，把儿子叼跑。 据说以前这山
里狼是很多，自从开矿的炮声一响，狼就不见了，连一根狼
毛都没有了。 别说狼了，山上连黄蚂蚁都很难见到几只。
她的儿子刚过半岁，还不会翻身，不会爬，她也不用担心儿
子会从床上掉下来。 她出门时把儿子平仰着放在床上，儿子
只能一直平仰着。 儿子不高兴了，顶多哭几声，或把握不紧
的小拳头摇几下，把小脚丫蹬几下。

　　拄单拐的小伙子把水桶接满后，乔新枝让小伙子等一
下，等她把水桶也接满，他们两个一块儿上山。 乔新枝家和
小伙子家都是住在北山的南山坡，小伙子的家比乔新枝的屋
子位置还要低一些，乔新枝的意思，要顺便帮小伙子把水桶
捎上山去。 小伙子明白了乔新枝的意思，他说不用，并说谢

谢嫂子。 乔新枝没有坚持让小伙子等她，受过伤的人都格外要强，她想小伙子可能有意锻炼一下自己。 小伙子提的水桶要小一些，也许他自己真的能把水提上去。 小伙子的情况乔新枝知道一些，他叫张海亮，今年不过二十七八岁。 张海亮原来在开拓队打岩巷，被石头砸断一条小腿后，老婆就离他而去，不知去向。 现在只有张海亮一人住在北山上的石头小屋里。 乔新枝一把水桶接满，提起水桶快步向北山的山脚赶去。 她腿壮胳膊粗，力气不算小，别说提一桶水，提两桶水都不成问题。 她走得再快，桶里的水也不会洒出来。 她事先在桶里放了两根截短的玉米秆，水一满，玉米秆就漂浮在水面上。 人走动时，水面难免晃荡，有玉米秆起着阻挡作用，水就荡不出来。 爱惜水的人都是这么做的。 快行带风，她打乱了雪的阵脚。 雪片子先是一阵快速缭绕，像是为她让开一条道。 她刚冲过去，成群的雪片子却又紧紧跟上，似乎要看看她走这么快干什么。 乔新枝快步走是为了赶上张海亮。 她见张海亮雪天提水上山果然很难，张海亮刚上山坡，拐下一滑，身子一晃，差点摔倒。 要是张海亮摔倒了，不仅一桶水保不住，整个人也会滚下山坡。 张海亮把水桶放在地上，像是要歇一下，定一定神儿，再接着上。 乔新枝走到张海亮身边，二话不说，低手提起张海亮的水桶，往山上走去。 这次张海亮没有拒绝嫂子帮他提水。 人要强是有条件的，条件不允许，想要强也要不起。

张海亮的小屋门前有一块小小地坪，乔新枝一口气把水桶提到小屋门口，放在地坪上，才回头对张海亮说：大兄弟，水给你放在门口了！ 在丝毫不见减弱的大雪之中，张海亮正一步一拐地往山上登。 听见嫂子跟他说话，他才停下来，望着高处嫂子的身影说：嫂子，你是个好人哪！

好人？ 她不过帮人家提了一桶水，不过做了一点举手之劳的小事儿，就算是一个好人吗？ 她一时不知说什么好，人家说她是个好人，她没敢承认，也不愿否认，只笑了一下，就继续登高，回家去了。 不过她把人家的话记住了，心里还是挺受用的。 这种受用像是从心底深处发出来的，并很快传遍全部身心，有一种弥漫性的愉悦效果。 下大雪真好！

二

乔新枝还没走到家门口，就听到儿子小火炭在哭。 儿子哭得直腔扯嗓，好像被狼咬着了一样。 她推开屋门，水桶未及放下，就直奔床前。 屋里没有狼，什么动物都没有。 原来是她给儿子戴在头上的老虎头帽子不知怎么搞的抹脱下来，不仅盖住了儿子的双眼，而且把儿子的整个小脸都罩在了“老虎头”下面。 儿子一定是睁着小眼睛看屋顶正看得高兴，举着舞动的双手不知怎么碰到了有些宽松的帽子，帽子就滑下来，遮住了他的双眼。 儿子突然间陷入黑暗之中，一定很不适应，当然要着急，要哭。 他不明白怎么回事，又不会把帽子掀开，只能哭。 他越是手舞脚蹬，着急乱动，帽子下滑越快，把他的脸盖得越严实。 乔新枝喊着我的儿，我的乖，我的小火炭，我的小宝贝儿，这才一手把水桶放在地上，一手把扣在儿子脸上的帽子拿开。 儿子哭得一头汗，汗水把儿子的头发都浸湿了。 儿子哭得脸色有些发紫，两个眼角的泪水流成了串。 乔新枝心疼坏了，赶紧把儿子抱在怀里晃着说：妈回来了，宝贝儿不哭。 都怨妈，妈替儿子打那个臭老虎。 说着伸巴掌在床头的老虎头帽子上虚打了一下。"老虎头"上的两只圆眼睛大睁着，眼皮眨都不眨，一副无辜的样子。 她摸到兜在儿子屁股和小鸡鸡上的尿布湿了，三层尿布都湿得透透的。 儿子真是哭狠了，把撒尿的劲都使了出来，在她去提一桶水的工夫，不知儿子撒了几泡尿呢。 湿尿布渍着儿子的屁股，儿子也不好受。 她把儿子重新放回床上，为儿子扯下湿尿布，换上干尿布。 扯下湿尿布的当儿，她见儿子的屁股蛋子都渍红了，小鸡鸡下面的蛋皮也被渍得耷拉着，薄得像吸空柿肉之后贴在一起的烘柿子皮。 她找了找儿子的蛋子儿，还好，儿子的两颗蛋子还在。 只要儿子的蛋子儿在皮囊里存在着，儿子就还是儿子。 为儿子换上了热乎乎的干爽尿布，儿子的哭还是刹不住车。 看来不把奶头子塞进儿子嘴里，儿子的哭就止不住。

儿子吃到了奶，像得到了最大的实惠和安慰，果然不哭了。 小家伙流了泪，出了汗，还撒了尿，大概渴坏了，饿坏了，也累坏了，一逮到奶就大口大口吃起来，吃得咕咚咕咚的。 奶汁子在嘴角打着漩，几乎漾出来。 小家伙嘴里吃着一只奶，一只手还伸到妈妈的衣服下面，摸着另一只奶。 乔新枝的两只奶子都很饱满，奶水充足得很。 这样的两只奶子很难比喻，说它像两只盛满水的陶罐，陶罐的皮有些厚；拿它与一种被称为面坛子的香瓜作比，大香瓜里面的水不够丰富。 真的，这位矿工婆娘的两只奶子出类拔萃，无与伦比。特别是在哺乳期间，她的两只奶子是胀的，硬的，浑圆的，连表面的绿色筋脉都隐约可见。 奶水一直充盈到奶头子顶端，奶头子不再羞羞答答，龟缩在奶盘子里，而是昂首挺立，呈现出的是舍我其谁的良好状态。 乔新枝随便把奶头子一捏，一股奶汁子就滋出来，恐怕比童子尿滋得都远。 是不是可以这样说，乔新枝两只奶子闪耀的是初升太阳一样的光辉，展示的是大地丰收一样的景象。

小火炭吃着一只奶，另一只奶被惊动了，奶汁子漉漉地流了出来。 如果不把衣服撩开，奶汁子会把衣服弄湿。 如果不把奶子端出来，奶汁子会顺着奶瓜子流向她的肚皮，并顺着肚皮流进裤腰里。 乔新枝是坐在一个石头墩子上给儿子喂奶，石头墩子上垫的是一块黑色的胶面风筒布。 她把奶子露出来，身子前倾，让奶汁子滴在地上。 浆白的奶汁子涌泉一样滴答不止，地上一会儿就汇成一片。 可能因为奶汁子太稠，汇成一片的奶汁子并不往地下洇，像是在层层积累，有着固体一样的形态。 上个月，乔新枝身上的月信没有按时来，她担心自己又怀上了孩子。 如果怀上了孩子，奶水就得中断，小火炭吃什么。 因此她对丈夫宋春来有些小小埋怨，埋怨丈夫天天都跟她来，太馋嘴，太不知道节制。有些愧疚的丈夫，大概是为了向她表示歉意，一天下班时，买回一只五斤多重的黄老母鸡，让她熬汤喝。她把肥得浮着一层黄油的老母鸡汤连着喝了三天，不但月信来了，奶水也更加旺盛。眼见奶汁子白白流在地上，乔新枝觉得非常可惜。如此充沛的奶水，别说一个小火炭，就是再添一个两个小火炭也吃不赢啊！

小火炭吃了一会儿奶，睡着了。大雪还在下着，门口的积雪大约已达两寸深。乔新枝看看放在床头的马蹄表，该给丈夫做饭了。丈夫这段时间上的是夜班，说是半夜十二点接班，他一般晚上十点钟就要出门，赶到队里开班前会。按规定是早上八点下班，等他们从长长的巷道里走出来，交了灯，洗了澡，再回到家，时间就到了十点多。这样算下来，丈夫每天出门在外的时间不是八个钟头，十二个钟头还要多一些。这里把矿工下井说成下苦。一年三百六十五日，不管春夏秋冬，丈夫一个班都不愿意落下。丈夫是一个很能下苦的人。乔新枝给丈夫馏好了馒头，炒好了菜，还要下半锅汤面条。面条已擀好了，锅里的水也沸腾着，单等丈夫一进门就往锅里下面条。汤面条须现吃现下，下早了面条容易糗，条不成条，变成一锅糊涂。一听见丈夫的脚步声，乔新枝就把门打开了。她家的屋门是用几块板皮钉成的，看上去很简陋。好在对缝不严的板皮外面又钉了一层胶面风筒布，风雪总算钻不进来。她开门猛了些，把雪花吸进屋里好几朵。 丈夫头上顶着一块包单，手里提着一只帆布兜，浑身上下几乎成了一个雪人。 包单是丈夫每天下井前包干净衣服用的，丈夫倒不傻，下雪天给包单派上了新用场。 帆布提兜是装煤用的，丈夫每天下班回来，都不忘顺便捎回三两块晶亮的煤。 嫁给煤矿工人当老婆，起码有这点好处，烧的不会缺。 乔新枝跟丈夫打招呼：当家的回来了！ 丈夫说回来了，雪下得真大。 乔新枝问冷吧，快进来暖暖。 伸手把提兜接过去，放在门内墙边。 丈夫说下雪不冷化雪冷，揪住包单的两角往后一掀，把落在身上的雪块子掀落在门外。 丈夫还把两只钉了雪的鞋底子交替在门外的地上震了震，才跨进屋里。

乔新枝把两只手掌快速搓了几下，搓热，分别捂在丈夫两只耳朵上，说狗耳朵真凉。 老婆把宋春来的人耳朵说成狗耳朵，宋春来没有辩驳，没有说狗耳朵上有毛，人耳朵上没毛。 他也不认为老婆把他说成狗，是故意占他的便宜。 相反，这让他觉得亲热，觉得开心。 好比老婆两只温热的小手不仅暖在他的耳朵上，还通过他的耳朵，一直温暖到他心里。 家里有个老婆真好，天底下有什么能比得上家里有个好老婆呢！ 老婆给他暖耳朵，他就把两手伸进老婆的棉袄下面的棉裤腰上，在那里暖手。 宋春来的个头不算高，两口子都站直，乔新枝还比他高出一点点。 这样宋春来摸老婆的裤腰很方便，不用踮脚，也不用叉腿，两手一环，就把老婆后面的棉裤腰摸到了，同时也把老婆搂住了。 棉裤腰那里可真热乎。 只摸到棉裤腰，宋春来不会满足，他的手还要往上走。上面就是老婆的光脊梁板。 老婆棉袄里面套的有一件秋衣，但老婆为了掏奶喂孩子方便，从不把秋衣往棉裤腰里扎。 宋春来的两手往上一走，就把老婆的光脊梁摸到了。 他说：我的手可是有点凉。 老婆说：没事儿，不怕。 老婆的光脊梁不止是热乎，简直有些烫烫的，那是一种软和的烫，一种滑溜溜的烫。 老母鸡刚刚下出的鸡蛋，就是这样烫手和光滑，可鸡蛋却没有这样软和。

老婆把手从宋春来耳朵上拿开，说好了，我去给你下面条，你该饿了。 宋春来的肚子是有些饿的。 他在井下干了十来个钟头，只吃了一顿矿上安排的班中餐。 所谓班中餐，也就是啃两个干火烧，口嘬着铁壶嘴子喝一气温开水。 可宋春来还有另一种饿，这种饿和肚子有点关系，又没有关系，它来自肚子下面。 和这种饿相比，他宁可把肚子的饿暂时压一压，先把肚子下面的饿满足一下。 所以他没有松开老婆，反而把老婆的背搂得更紧些。 他两腿紧绷，把自己的前面往老婆的前面贴。 不贴还没什么，一贴那样东西就跳了出来。老婆背上有个沟，他的手指顺着沟往下走，越往下面沟越深。 然而走到在沟上横担着的裤腰带那里，他的手被挡住了。 老婆的裤腰带是用一些碎布条搓成的，像一根绳索，挺结实。 他捏住后面的裤腰带往下拉，对老婆做出了明显的示意。 老婆明白丈夫的意思，丈夫每天从井下回来，都是急着先吃这一口。 她愿意让丈夫先吃饭。 老婆什么时候都是热乎的，馏好的馒头不吃就凉了。 再说吃饱了肚子才好干事情，空着肚子就用力，对身体终归不是很好。 她说：不许这么没出息，先吃饭，吃了饭再说。 两手往外推丈夫。 丈夫说不，不，我不用吃饭也有劲。 丈夫的样子像是在撒娇，又像是在耍赖。 老婆越推他，他把老婆搂得越紧。

宋春来挤住了老婆膨胀的奶，老婆惊讶了一声，他才把老婆松开了。 他问老婆怎么了？ 老婆说：你把我的奶水挤出来了。 她解开扣子，往上撩起衣服，果见一只奶子在滴奶水。 她虽然站着，奶珠子掉在地上竟摔不碎，可见她的奶水质量有多高。 她见丈夫有些发愣，对丈夫说：快，快来吃几口。 老婆的奶水是给儿子吃的，或者说老婆的奶水是儿子的口粮，他怎么能吃呢！ 当丈夫的吃老婆的奶水，这事可从来没听说过。 他犹豫着，脸上有些不好意思。 老婆催他快点，奶水滴在地上，都浪费了。 老婆还说，反正别人又看不见，你怕什么！ 老婆把门掩上了。 宋春来说：你把奶水挤在碗里，你自己喝吧，你喝了奶，还可以生奶。 乔新枝说：我喝了奶，再生奶，那不是回锅饭嘛！ 我不想让我儿子吃回锅饭，吃就吃新鲜的。 她的胳膊一拐，拐住丈夫的脖子，把硬枣一样的奶头子擩在丈夫嘴上，说你尝尝嘛，试试嘛。 我看你还会不会吃奶！ 宋春来羞红着脸，只得把老婆的奶头子噙住了。 他吃得不是很大方，只把嘴张开一点点，只叼到了奶枣儿。 在他没有叼住奶枣儿时，奶枣儿在一珠一珠滴奶水，他一叼住奶枣儿，奶枣儿反而不出水了。 他把嘴松开了，说他吃不出来。 老婆不松开他，要他张大嘴，多嘬点，使劲吸，并说：笨蛋，你还不如你儿子会吃呢！ 按照老婆的指点，他一下吸到老婆的奶晕子那里，果然吸出了奶。 老婆摸着他的头，夸他真听话，真乖。 他不敢看老婆的眼睛。一个大男人，像儿子一样吃自己老婆的奶，要是让别人知道了，岂不把人家的好嘴笑歪。 他只吃了几口就不吃了，说不好吃。 老婆问他怎么不好吃？ 甜不甜？ 他说不太甜，淡淡的，还有一点面儿面儿的。 老婆说他不懂，人奶是最有营养的东西。 她把自己的奶盖住了。 乔新枝让丈夫吃奶，其实是她的一个小计谋，她的目的还是让丈夫先吃饭。

　　下好了汤面条，乔新枝陪丈夫一块儿吃。 她用细葱花给丈夫炒了两个鸡蛋，把盛在碗里的鸡蛋端在丈夫面前，只让丈夫一个人吃，她一口都不尝。 丈夫用筷子点着鸡蛋，让她也吃一点。 她让丈夫趁热快吃吧，她不吃，她只吃面条就行了。 丈夫说：你吃了鸡蛋，还可以给儿子下奶。 鸡蛋给我一个人吃了当什么，我什么都不会下。 乔新枝说：谁说你什么都不会下，我看你也会下奶。 丈夫说：开玩笑，我拿什么下奶？ 乔新枝抿着嘴乐，不说。 丈夫问她乐什么，她才禁不住说：拿什么下奶你知道，我看你下的奶比女人下的奶还稠呢！ 宋春来像是想了一下，才明白了。 他一明白就春心荡漾，高兴得不得了。 他说：你浪，你浪，你光逗我，我受不了啦！ 他推开饭碗，站起来，一下子把老婆抱住。 老婆在床边靠着，手里还端着饭碗，她把碗举高，说慢点儿，让我吃了这两口。 她两口并一口把面条喝了下去。 这次她没有拒绝丈夫的要求，只说丈夫真是个紧嘴猴儿。

三

半下午时，雪下得小了，只有一些零零星星的雪花漫不经心似的洒落着。 丈夫和儿子在床上睡觉，乔新枝系上红围巾到门口扫雪。 丈夫上的是夜班，白天必须把觉睡足。 她不能陪丈夫一块儿睡，要是睡颠倒了，她夜里就睡不着了。 她得给自己找点活儿干。 她把儿子的尿布洗过了，也在煤火上烤干了，这会儿正好可以腾出手扫雪。 扫雪得趁早。 雪还新鲜着，虚蓬着，不但好扫，雪下的路面还干着，最能体现扫雪的效果。 等雪一落实，或人脚上去把雪踩扁，扫起来就难了，得用铁锨铲。 不把路面清理出来会怎样呢？ 太阳一出，雪一化，就麻烦了，雪面上会结下一层冰，滑得人脚羊脚都巴不住。 特别是山坡上的小路，如果结了冰，跟路断了也差不多，山下的人上不来，山上的人也下不去。 那样的话，住在山上的人怎么上下班呢，她怎么下山取水呢！ 她先扫自家门前的雪。 门前有一块平地，不过三四尺宽。 平地的边沿，就是一个断崖。 断崖不是很深，也就一两丈的样子。 可断崖很陡，石壁直上直下。 她把雪扫到断崖下面去了。 积雪有半尺来深，扫起来并不难，她一会儿就把门前那点平地扫了出来。 她用的扫帚不是买的，不是用竹梢和竹身做成的，是她到山沟里采回一种叫扫帚苗子的野生植物，自己捆扎成的。 不管日常用什么东西，圆的如高粱莛子纳成的锅盖，长的如野麻匹子合成的晾衣绳子，能自己做的，都是自己做。 能不花钱买的，她决不多花一分钱。 作为一个矿工家属，她的户口不在矿上。 她没有粮票，也不能挣钱。一家人吃饭穿衣，全靠丈夫一个人的粮票和工资。 她深知丈夫挣钱不容易，哪一分钱不是成身的汗水和成车的煤换来的！

　　扫完了门前的雪，她就顺着平地一侧的山路往坡下扫。听见小孩子的欢呼声，乔新枝往上往下看了看，见不少矿工的家属都出来了，都在扫门前的雪。 高处的一个平台上，有两个孩子在玩雪，一个男孩，一个女孩。 他们把雪团成球，举过头顶往坡下扔，看谁扔得更远一些。 每扔下一个雪球，他们就欢呼一声。 乔新枝想到了自己的儿子，等扫完了雪，她也把儿子抱出来，给儿子团一个雪球玩。 说不定她还要把几个大小雪球组合在一起，做成一个白胖的小雪人，给小雪人的脸上安一只红辣椒当鼻子。 她还想到，等儿子小火炭稍大一点，他们就再要一个女儿，到那时候，她和丈夫就是儿女双全的人了。 这样想着，她不知不觉笑了一下，嘴角眉梢都是由心底生发而出的笑意。 女人不知自己在笑时的笑是最美的，好比开在山沟里的花，那是自然的开放，自然的美。乔新枝头上顶的是红围巾，在红围巾的映衬下，她的笑面不只是美，还有些光彩照人的意思。 那些在山上扫雪的矿工的老婆，头上顶红围巾的只有乔新枝一个。 人们从山脚走过，不经意间往山上一望，就把那雪白中的一点红看到了。 人们望第一眼时往往会产生幻觉，以为山上开了一枝红梅，或一簇桃花。 回头再望，才认出那是一个顶着红围巾的女人。路过的人心里不免会问，谁家的老婆这么俏呢！ 红围巾是宋春来给她买的。 宋春来回老家探亲，在媒人的引导下，她和宋春来第一次见面，宋春来送给她一件用草纸包着的礼物，就是这条红围巾。 她很喜欢这条红围巾，在她眼里，红围巾不光是她和宋春来的定情之物，还代表着红火和喜气。 和宋春来照结婚照的时候，她戴的是红围巾。 和宋春来拜天地的时候，她没有顶红盖头，戴的也是这条红围巾。 到矿上来，她当然要把红围巾带在身边。 她愿意红围巾一直鲜鲜亮亮的，永远都戴不坏。

下山的小路曲曲弯弯，乔新枝快从山上扫到山下时，江水君踏着雪从山下上来了。 江水君是宋春来的工友，也是宋春来的老乡，他们同一天来到矿上参加工作。 江水君跟宋春来走得很近，时常到宋春来家的小屋来坐一坐。 江水君比宋春来年龄小，把乔新枝叫嫂子。 那么乔新枝就随着丈夫把江水君叫水君。 按说江水君可以跟乔新枝开玩笑。 嫂子嫂子，吃楝枣子，楝枣子苦，生个小孩儿叫我叔。 他们老家的歌谣就是这么唱的。 在他们老家，当弟弟的跟嫂子逗趣或动手动脚仿佛天经地义，嫂子一不小心，弟弟就有可能在她的奶馒头上摸一把。 嫂子也不愿吃亏，在寡不敌众的情况下，嫂子们发一声喊，会把某个弟弟的裤子扒下来，给他晒蛋。可江水君从不和乔新枝开玩笑，他一见乔新枝就局促得很，手无处放，脚无处放，好像连话都说不好了。 今天也是如此。 他问：嫂子，扫雪呢？ 嫂子答：扫雪。 一问一答都是正经话，或者说都是淡话，连一点开玩笑的意思都没有，问了，答了，跟不问不答也差不多。 当嫂子的本来可以跟江水君开个玩笑，比如她说：把雪扫干净好迎接你呀，不然把你摔个大屁墩怎么办呢！ 因知道江水君不爱开玩笑，她的玩笑就没有开出来。 火镰子碰火石，玩笑要两个人开，才能碰出火花来。 只有火镰子，没有火石，单方面开玩笑，怎么也开不起来。 她见江水君一只胳膊下夹着一件衣服，问有事儿吗？ 江水君答：我的裤子开线了，扣子也掉了一个，想请嫂子帮我缝上。 嫂子说：那容易。 春来在家呢，你先上去吧。 我扫完了这一点就上去。 乔新枝额头上出了细汗，一说话口里哈出团团热气。 江水君往山上看了看，像是不愿意一个人上去，他说：嫂子，你累了，我来扫一会儿吧。 说着把腋下的裤子递给嫂子，并从嫂子手里接过扫帚把。 江水君扫雪扫得很快，他手中的扫帚如破浪的船，把雪浪扫得飞扬着就让开了。 他扫几下就回头看嫂子一眼，像是要在嫂子面前表现一下自己，又像是不想让嫂子先走。 乔新枝似乎看出了江水君的心思，就原地站在路边等他。 不知为何，和江水君在一起，乔新枝也觉得有些拘谨，不知说什么话才合适。在丈夫面前她不是这样，想说什么张口就来，说轻了说重了都没关系。 跟江水君，她也不是无话可说，只是说话前要想一想，哪些话该说，哪些话不该说。 好些话经不起想，一想就不想说了。 说了还不如不说。 她不知道自己是否应该团一个雪球，朝远处扔一下试试。 她没有团雪球，把戴在头上的红围巾取下来，抖了抖粘在围巾上的少许雪花，然后把围巾披在肩上，两角系在脖子里。

扫完了雪，江水君跟乔新枝一块儿往山上走。 冬季天黑得早，有的人家已经开了灯。 灯光从窗口透出来，洒在雪面上，雪面上反映的是橘黄的颜色。 山上没有路灯，在灯光照不到的地方，雪的颜色有些发青，是月光一样的清辉。 走着走着，乔新枝站下了，江水君也站下了，他们听到了琴声。琴声是从张海亮的小屋传出来的。 张海亮的琴弹拨得一点都不连贯，像是一下一下蹦出来的。 每一下都横空出世，出人意料。 又像是琴弦绷断了，再也不能弹下去。 然而琴弦毕竟没有断，就那么一个音一个音地蹦下去。 连起来听，张海亮的弹奏是有谱的，也是有曲调的，只不过节奏慢一些。 而正是这样声声断断的节奏，听来才有些惊心，还有一些旷远的凄凉。 如果不是大雪铺地，琴声不一定会这样动人，不一定会引起人们驻足倾听。 有了雪夜这个寂静而清洁的灵境，琴声的魅力才显现出来。 乔新枝往张海亮的小屋看了看，小屋的门是关着的，里面也没有灯光透出来。 在通向张海亮小屋的岔道上，积雪还没有清扫。 张海亮比不得正常人，坡路上的雪要是不扫去，恐怕他就无法出门。 乔新枝和江水君互相看了一眼，乔新枝说，她还要帮张海亮把坡路上的雪扫一扫。 江水君说他扫吧。 乔新枝不容商量，只管把扫帚要过来，把裤子递给江水君。

回到小屋，天已黑透了。 乔新枝一进门就对丈夫说：水君来了，让我帮他缝缝裤子。 没听见丈夫应声，她知道丈夫和儿子还在睡觉。 搁往日，若丈夫还没睡醒，她不会开灯。江水君来了，她只好把灯打开。 灯一亮，丈夫醒了，问：到点了吗？ 乔新枝说没有，是水君来了，让我帮他缝裤子。丈夫抬头看了看，又躺下了。 丈夫十点多吃了饭，中午就不再吃饭，一直睡觉，睡到晚上九点半才起来吃饭，吃完饭就又该拿起包单和提兜去上班了。 这会儿还不到七点，丈夫不该起床。 江水君和丈夫是同一个采煤队，上的是同一个班。江水君还没有结婚，住的是矿上的单身宿舍，四个人住一间屋。 乔新枝问江水君：你睡够了吗？ 江水君说睡够了，又说，他瞌睡少，一天睡五六个钟头就够了。 乔新枝指石头墩子让江水君坐，自己靠在床边，拿出针线为江水君缝裤子。家里没凳子，只有一个石头墩子，江水君若坐了石头墩子，乔新枝就没什么可坐，只能站着。 江水君说：嫂子你坐吧。 乔新枝说：你只管坐吧，到这里还客气什么，我和你春来哥从来没把你当外人。 江水君笑了笑，说我知道。 但他到底没有坐，到煤火台边烤手去了。 嫂子不坐，他怎么能坐呢？ 他要让嫂子知道，他是一个看重嫂子胜于看重自己的人，嫂子站着，他宁可陪嫂子站着。 小屋极小，大约只有五六平方米。 一张小床就差不多占去了三分之一，一个煤火台又占去四分之一，加上锅碗瓢盆、油盐酱醋、面袋子、米袋子、擀面板、擀面杖，还有一只盛衣服的旧纸箱，屋里几乎没有剩下什么活动的余地。 迎门口放石头墩子的那个地方，就是屋子里最大的活动空间。 这么说吧，屋里的床边离煤火台只有半步的距离，乔新枝和江水君稍一伸胳膊，或稍一活动腿，就把对方碰到了。 江水君不止一次对乔新枝说过，这间小屋搭得太小了，面积至少再扩大一倍，就好多了。 每次说这个话，江水君显得很自责，仿佛对不住嫂子似的。 乔新枝从江水君的话里听出来，这间小屋是江水君等几个工友帮助宋春来建的，从选址，到采石头、运石头、垒墙、盖顶，江水君都是其中的参与者。 这就是说，在乔新枝到来之前，江水君对这间小屋已经很熟悉。 比如说，宋春来是一只雄鸟，江水君也是一只雄鸟，为了吸引和迎接雌鸟的到来，一只雄鸟帮助另一只雄鸟搭窝。 窝搭好了，雌鸟飞来了，其中一只雄鸟就离开了。

江水君的裤子是裤裆下面开线了，裤子前开门的扣子掉了一颗。 给江水君缝着裤裆，乔新枝想起一个玩笑，这都是没结婚的小伙子，劲无处使，力无处掏，才把裤裆里的线撑开了，把裤子前门的扣子顶掉了。 要是换一个人，她的玩笑就开出来了。 面前站着的是江水君，玩笑就憋在了肚子里。她能觉出来，在她低着头穿针引线的时候，江水君一直在看着她。 江水君的双手虽然在煤火上伸着，有时还搓来搓去，但江水君根本无意于烤手，侧着脸，一门心思地看着她。 江水君的目光是热的，恐怕比燃烧得正旺的煤火还要热一些。这时她尽量不看江水君，她要是一看，江水君就会把目光躲开。 多少次都是这样，她干着活儿时，江水君不转眼珠地看她。 她一旦看江水君一眼，江水君的眼珠就一阵慌乱，像是不知往哪个方向转。 一个鼻子两个眼，她又没什么出色的地方，不知江水君有什么可看的！ 这样老被人盯着，乔新枝也不自在，还得找一点话说。 前段时间，乔新枝听说江水君回老家相亲去了，她问江水君相亲相得怎么样，把亲定住没有。 江水君说没有。 乔新枝问为什么。 江水君说不为什么。 乔新枝说：总得为点什么。 你看了人家的大闺女，不说出点为什么就没了下文，无论如何是说不过去的。 你以为人家的大闺女是让你白看的。 江水君才说：那个女的个头太低了。 还有什么？ 乔新枝问。 江水君说：那个女的还太瘦，瘦得像旱地里蚂蚱一样。 乔新枝把旱地里的黄蚂蚱想象了一下，禁不住笑了。 她一笑，屋里的气氛总算活跃一些。乔新枝说：个头低点没关系，说不定还会长呢！ 闺女家瘦点也不怕，没结婚都瘦，一结婚就吃胖了。 江水君说：反正那个女的不行，没有发展前途。 乔新枝说：我看你还怪挑眼呢，你到底想要什么样的，跟嫂子说说，嫂子再回老家时帮你找一个。 江水君说：我也不知道。 说了不知道，两眼却看着乔新枝。 这一次他看得比较大胆，乔新枝看他时，他也不躲避。 他眼里的话分明在说：要找就找一个像嫂子这样的。 乔新枝看出了江水君眼里的话意，话中有话地说：天下的好女人多的是，该定亲的时候我劝你还是抓紧时间定一个，挑花了眼就不好了。

缝好了裤裆，乔新枝往两个裤口袋里掏了掏，没掏到扣子。 她问江水君：扣子呢？ 江水君往上衣口袋里摸，摸了这个口袋摸那个口袋，好像忘记把扣子放哪里了，又好像压根儿没带扣子来，让嫂子缝扣子只不过是一个借口。 其实扣子不是自己掉下来的，他见缀扣子的线有点松，就把扣子拆下来了。 拆扣子时他只顾想着让嫂子缀扣子，只想着又可以和嫂子见面，对扣子本身的去向却没有很在意。 乔新枝见江水君的手慌得有些乱，似乎也把江水君的真正来意猜出了七八分。 这扣子不是那扣子，江水君心里有一个扣子解不开，就一次一次到她这里来。 到她这里能怎么样呢，自己结的扣子还得自己解，这个忙她实在帮不上。 她说：不带扣子来，我拿什么给你缀呢！ 我这里扣子倒是有两个，不是黑扣子，是红扣子。 你要是不怕别人笑话，我就给你缀上一个红扣子，来它个开门见喜。 话说出口，她听见自己还是跟江水君开了一个玩笑。 心说不跟江水君开玩笑，一时没防备，现成的笑话就脱口而出。 这时江水君在身上穿的裤口袋里把那颗黑色的塑料扣子摸到了，心里一阵欣喜。 有扣子在手，就表明他来让嫂子帮着缀扣子是真有其事，而不是有别的什么目的。 江水君对开玩笑也不缺乏应对能力，扣子已经攥在手心里，他却不立即把扣子递给嫂子，接过嫂子的笑话说：好吧，你给我缀个红扣子吧，我正想开门见喜呢！ 从江水君轻松下来的表情上，乔新枝看出江水君把扣子找到了，她说：你想见喜，见喜不想你，快，把扣子给我。 向江水君伸出了手。 江水君没有把扣子放在嫂子手里，他把攥着的拳头伸开，把卧在手心里的扣子露出来，意思让嫂子从他手心里把小小的扣子捏走。 可是，当嫂子从他手心里捏扣子时，他朝上平伸着的手掌倏地一收，把扣子连嫂子的两根手指头都握住了。 他收手的速度极快，恐怕螳螂捕蝉都没有那么快。他的手握得也很紧，乔新枝抽了两下都没抽脱。 这是干什么？ 如果拿扣子钓手也算一个玩笑，这玩笑开得是不是有点过头？ 乔新枝脸上红了一阵。 她没有把红扣子拿出来，脸上却红得跟红扣子的颜色差不多。 她不能着恼，也不敢说让江水君把手松开。 丈夫宋春来就在她身边的床上睡着，只要她说话声音稍高一点，丈夫就会听见。 丈夫一听见，就会睁眼看见眼前的一幕，那样就尴尬了。 江水君也许正是利用了她不敢声张这一点，在丈夫的鼻子底下做小动作。 这不好，很不好，对谁来说都不是尊重的做法。 乔新枝用下巴把睡在床上的丈夫指了指，意思是说：我丈夫在这儿呢，你干什么呀！ 示意江水君赶快松开她。 江水君这才把她的手指头松开了。

　　乔新枝的示意也给江水君造成了一点误会，宋春来在家的情况下，他不能拉嫂子的手，倘是宋春来不在家，他是不是可以把嫂子的手拉一拉呢？ 几天之后，江水君的手指在井

下被柱子挤破了一块皮，他提前升井到医院包扎了一下，就
到嫂子家去了。 不到下班时间，宋春来还在井下没出来，只
有嫂子和儿子在家里。 嫂子正靠在床边给儿子喂奶，见江水
君进来，她就不喂了，拉衣服襟子把奶子盖住。 她对儿子
说：你看你看，叔叔来了。 她看见了江水君右手大拇指上缠
着白纱布，哟了一下说：你的手受伤了？ 江水君说只破一层
皮，没伤到骨头，没事儿。 乔新枝说：那你得注意点儿，伤
口别见风，别见水。 江水君说：谢谢嫂子对我的关心。 停
了一会儿，他又说：嫂子，你得帮帮我。 乔新枝以为是受伤
手指的事，说：你的手指头不是已经包好了嘛！ 她想起江水
君上次使劲攥她的手指头，她的手指头好好的，江水君的手
指头却挂了彩。 江水君说：不是手指头的事。 不是手指之
事，乔新枝就不问他了。 江水君眼睛亮亮的，不用问，是冲
她而来。 乔新枝不问，江水君也要说，他说：嫂子把我的心
占得满满的，我睁眼闭眼都是你，我看我快要完了。 嫂子你
说我该怎么办呢？ 乔新枝说：你没有必要这样，我也不值得
你这样。 江水君说：我也知道这样不好，可是我管不住自
己。 嫂子咱俩好吧。 乔新枝担心江水君说出这样的话，江
水君还是把话说了出来，她正色道：这不可能！ 我是有丈夫
的人，也是做了母亲的人，我得对得起我的丈夫和我的儿
子。 说到做了母亲，乔新枝心中似乎升起一种神圣感。 抱
在她怀里的儿子向下歪斜着身子，像是对妈妈中断他吃奶很
不理解，还要继续吃奶。 乔新枝把儿子的身子抱正，并把儿

子抱得高一些，哄着儿子说：好乖乖，妈妈一会儿抱你出去玩。 江水君没有把希望放弃，说：你跟春来哥该怎么过，还怎么过，我只是背地里跟你好好，还不行吗？ 乔新枝说：那不行！ 一个人来到世上得凭良心，得自己管住自己。 你和宋春来成天价也是兄弟相称，说出这样的话，你怎么对得起宋春来！ 她又对儿子：好好，咱去接你爸爸，看你爸爸回来没有。 江水君听出了嫂子话里的意思，嫂子不想让他在嫂子家里待着了，跟下了逐客令也差不多。 嫂子没有明说让他走，没抱着孩子马上出去，就算给他留了面子。 他叹了口气，低下了头，眼睛要湿的样子。 按他原来的想法，今天不但要拉嫂子的手，如果一切顺利的话，他还可以把嫂子抱一抱，把嫂子的嘴亲一下。 因他想象得太丰富，期望值过高，连最低的设想都没实现，未免觉得失望，像是受到了打击，自卑也涌上心头。 他低沉地问：嫂子，你认为我是一个坏人吗？ 嫂子说：这话怎么说的，我从来没说过你是一个坏人。 一个人怎么样，他自己心里最清楚。 问谁都不如问自己。 问他自己的心。 江水君说：嫂子，我明白了，我说了不该说的话，都怪我一时糊涂，嫂子别往心里去。

四

　　江水君管住了自己，好长时间没到乔新枝家里去。 到了春节期间的一天，宋春来请几个老乡到家里喝酒，江水君才跟几个老乡一块儿去了。 江水君提了一瓶白酒、一瓶葡萄酒，还给宋春来的儿子买了一个用高粱莛子和红纸耳朵扎成的风车，做得礼仪周全。 那时过春节矿上都不放假，说的是过革命化春节。 也是当时缺煤缺得厉害，越是天寒地冻，对煤的需求量越大。 过春节矿工不但不能休息，还要出满勤，干满点，出大力，流大汗，多贡献，夺高产。 这都是矿上那时候的流行语，说出来一串儿一串儿的。 矿工大都是从农村来的，都有过春节的习惯，好像大长一年都不算，盼的就是过春节那几天。 过春节不能回老家点蜡烛，放鞭炮，与家人团圆，似乎一年前面的日子都白过了，心里缺了好大一块。为有所弥补，过春节时多少也热闹一下，老乡们提前好几天就撺掇宋春来请客。 这些老乡，不管是结过婚的没结过婚的，他们在矿上都没有自己的房子和自己的家。 有一间小屋，老婆在矿上住着的，只有宋春来。 宋春来似乎责无旁贷，他说一定请，到时候大家好好喝一顿。 从一个公社里被招工来到这个矿上的老乡有五六个，别人都说过去宋春来家喝酒，只有江水君没开过口。 他想让宋春来知道，他和宋春来的关系更近些，不会让宋春来为难。 宋春来家的石头小屋就那么一点点地方，没有小桌，也没有板凳，喝酒在哪里喝呢？ 当然江水君使的是自己的志气，他得让乔新枝知道，他是一个有记性的人，不能让乔新枝看起他。 可是，别的老乡都答应了去宋春来家喝酒，江水君一个人不去也不好，那样的话，乔新枝会认为他心胸窄，肚量小，不是有记性，而是好记仇。

乔新枝有办法，家里没有餐桌，她把床腾出来了，以床板代替餐桌。这张小床是宋春来从单身宿舍搬来的，说是床，不过是两条木凳支起一块木板。家里没有坐的，她从邻居那里借了几只小马扎。另外，她还从山上的邻居家借了碗筷和酒盅，完全像在老家过年时请客的样子。乔新枝两天前就开始准备。老乡们一到齐，她做的凉菜热菜差不多也齐了。凉菜方面，有猪肝、猪耳朵、粉皮儿、豆腐丝、糖醋生白菜心儿，还有油炸花生米。热菜方面，肉蛋全有，光扣碗儿就蒸了好几个。这些好吃的，三十、初一她和宋春来都没舍得吃，等老乡们来了才拿出来。乔新枝还给儿子小火炭穿了新罩衣，头上戴了举着红缨子的尖顶红绒帽，把儿子收拾得像马戏班子里的小演员。小火炭十个月大了，已经会叫妈妈爸爸。那么那些老乡就轮流把小火炭抱来抱去，在小火炭脸上亲一下又亲一下，教小火炭喊爸爸。不管小火炭管谁叫了爸爸，大家都很高兴。酒还没有开始喝，小屋里的气氛已经很热烈。

几盅酒下肚，老乡们的耳朵和脸就开始发热发红，面貌和刚才大不一样，好像每个人都换了一个自己，又好像这才是他们的真实面貌。露出真实面貌的表现之一，是他们都把目光对准了乔新枝。他们的年龄有的比乔新枝小，有的比乔新枝大，但他们借酒盖脸，一律把乔新枝叫嫂子。一叫嫂子，他们就等于处在弟弟的地位，就可以和嫂子开玩笑。他们开玩笑的突破口是拉嫂子一块儿喝酒。 男人们都喝，嫂子不喝，众人皆醉她独醒，玩笑就开不起来。 乔新枝一开始不喝，说她不会喝，一喝就晕。 她要是喝晕了，就没人做菜，没人看孩子。 无奈有的老乡不依不饶，非得让她喝，说春节春节，女人代表的就是春。 如果春不喝酒，这个春节就没有一点味道了。 乔新枝看了看丈夫，丈夫说：那你就走一圈儿吧。 走一圈儿的意思是让她给每人敬一盅酒，再碰一盅酒，取好事成双之意。

　　原来乔新枝是能喝酒的，她喝了酒仍站得稳稳的，不见有任何晕态。 把乔新枝拉进来喝酒真是对了，她喝了酒效果特别好。 一圈儿酒她才走了一个开头，就花树临风，神采飞扬起来。 比如枝头上原来没有花，她一喝了酒，枝头就有了花苞。 再比如原来花苞没有开，是含苞欲放的状态。 她两盅酒用过，如春风拂来，花朵霎时就开得红艳艳的。 这样一个女人跟你站得近近的，举着酒盅跟你碰杯、喝酒，并笑意盈盈，嘴里说着祝福的话，哪一个男人不是云里雾里、五迷三道。 酒不醉人人自醉，才用了三分酒，人已醉了六七分。人把酒喝高了，表现千姿百态，各不相同。 但有一点是相同的，那就是亢奋、逞强、忘形，喝高了还想往更高处喝。 宋春来事先对乔新枝有交代，不管老乡们喝了酒怎样闹，乔新枝都不要介意，大过年的，以让大家高兴为目的。 乔新枝认为丈夫的交代有点多余，她难道连这点人情世故都不懂吗！她说：不用你说，我知道。

　　江水君比较节制，不怎么活跃。 但他并不低沉，决不会让老乡看出他心里的障碍。 别人抱小火炭，他也把小火炭抱了抱，只不过没让小火炭喊他爸爸。 有人说了笑话，老乡们笑，他也跟着笑。 他的笑虽然有一点勉强，还有那么一点拿捏，但别人不会看出来。 趁别人都在看乔新枝，他也看。每次看乔新枝，都能与乔新枝的目光相碰。 或者说乔新枝不管转到哪里，不管站在什么角度，目光总是像对他有所关照。 比如乔新枝刚才跟一个老乡碰杯时，眼睛没有看那个老乡，看的却是他江水君。 乔新枝看得很快，只一闪就过去了。 这一闪，也被江水君收到了。 江水君看出来了，上次他跟嫂子说了要跟嫂子好的话，嫂子没有跟他计较，没表示看不起他。 相反，因为他对嫂子说了心里话，他们之间似乎有了一点秘密，关系也比别人深了一层。 越是这样，他对嫂子越得尊重点，得把自己和别的老乡区别开。

　　乔新枝转到江水君跟前，江水君马上端着酒盅站了起来，说嫂子，谢谢你！ 一下把酒盅里的酒喝干了。 别人都说不算不算，嫂子还没给你端起来呢，你怎么能喝！ 他们老家酒场上的规矩，嫂子敬酒敬到谁面前，须嫂子把你面前的酒双手端起来，你双手接过，才能喝。 这个规矩江水君是懂的，不知怎么，他心里一激动一紧张，就把规矩忘了。 江水君正不知如何是好，乔新枝对起哄的人说：我这个老弟喝酒实在，嫂子不能让他多喝。 她把江水君的酒满上，说：咱俩碰了这一盅就算过了。 喝酒实在的说法像是一下子说到了江水君的心坎上，也说到了他的脆弱处，他的眼泪忽地就涌了上来。是的，他今天没少喝酒，别人喝多少，他也喝多少，一点儿都没有偷奸耍滑。嫂子说的是喝酒实在，仅仅是喝酒吗？肯定不是的。江水君使劲忍着，才没让眼泪流出来，说：嫂子，你让我喝多少，我就喝多少。他的话里潜台词是：嫂子我一切听你的，你让我干什么，我就干什么。你让我一口气把一瓶白酒都喝完，我都在所不辞啊！江水君的话又让别的老乡拿到了把柄，有的说让他喝三盅，有的说让他喝九盅，还有人从旁边抄起一瓶整瓶的酒，啃开瓶盖，等着往江水君的酒盅里倒。这时全在乔新枝一句话，就看乔新枝让江水君怎么喝了。乔新枝只跟江水君说话：我知道你，我只跟你碰这一盅。咱什么都不说了，啊！说罢，把陶瓷酒盅跟江水君手中的酒盅轻轻碰了一下，率先一饮而尽。

宋春来和江水君由夜班倒成了白天班，早上六点出门，下午五点升井。在春节期间下井挖煤，从大年初一到正月十五，矿工的精神头都不是很高。他们虽然身在井下，心思却在井上，或飞回老家去了。井上有声声爆竹，有插在草把子上的糖葫芦，有打扮一新的矿区姑娘，赶巧了还会看见附近的农民到矿上俱乐部门前擂大鼓、舞狮子。老家更不用说，大红的对联，闪闪的蜡烛，乡亲们起五更互相拜年，父母给儿孙们压岁钱，在老家过年才叫真正过年。井下有什么呢，一点过年的气氛都没有，只有生硬、阴冷和黑乎乎的一片。有人心说这是何苦呢，甚至有一些伤怀。宋春来因头天晚上和老乡们喝酒喝得有些晚，没有休息好，精力不够集中。加上喝酒时难免兴奋，第二天就有些压抑，手软脚软，干活儿不够有力。结果宋春来支柱子支得有点虚，造成局部冒顶后，宋春来差点被冒落的碎煤和碎矸石埋了进去。宋春来的性命是保住了，但天顶呼呼噜噜漏得很厉害，以致把运煤的溜子压死了。运行中的金属溜子，被称为采煤工作面的动脉，动脉一不动，整个工作面就算死了。要想让工作面复活，就得补天一样把漏洞补住，再把"动脉"上面的冒落物清理出来。且不说清理冒落物，恐怕光补漏洞就得花半个班的时间。这样一耽误，完成当班的任务就吹了，别说按矿上的要求夺高产，连低产都保不住。

班长李玉山很恼火，对惊魂未定的宋春来一点都不顾惜，把宋春来训得鼻子不是鼻子脸不是脸。他质问宋春来跑那么快干什么，你是出来了，煤出不来，我怎么跟队里交差！言外之意，好像宋春来不应该跑出来。李玉山对宋春来一向不是很待见，总爱挑宋春来的毛病。从井下卸料场往工作面拖运木梁木柱时，李玉山发现宋春来老是挑细的和干的，由此他认定宋春来是一个惜力的人。有一次在井下休息时，宋春来和工友们说笑话说漏了嘴，让别人知道了他天天都和老婆干那事。他还承认，他一看见自己老婆就把不住劲，不吃饭不睡觉可以，不干那事就过不去。这本是工友之间在黑暗的无聊中说的一些趣话，可一传到班长李玉山耳朵里就无趣了。他以前不大清楚自己为什么不喜欢宋春来，现在原因找到了。 怪不得宋春来在井下干活这么拔呢，原来他的力气都下在他老婆那一亩二分地里了。 人的精力是有限的，谁天天在床上折腾都不行。 别说人了，哪怕是一匹优良种马，让它每天给母马配一次种，种子的成活率不但不能保证，让它拉车它也没劲。 班长在工作面就是大爷，他盯住谁了，谁就不会有多少好果子吃。 他以工作的名义治你，你受了治，还有嘴说不出，只能伸伸脖子咽下去。 每天的活儿都是由班长分派，谁采哪一段，不采哪一段，班长说了算。 比如每天派活儿前，班长先到工作面踏看一遍，见哪一段压力比较大，煤层里有夹矸，或者头顶有沥沥拉拉的淋水，班长就喊宋春来的名字，派宋春来采其中的一段。 在工作面采煤都是两个人一个场子，因江水君和宋春来是一个场子，班长把他俩一勺烩，江水君也吃了不少连累。 别人都不愿和宋春来搭档，江水君和宋春来是近老乡，一拃没有四指近，他不和宋春来搭档，谁跟宋春来搭档呢！

　　班长也知道宋春来头一晚上在家里请老乡们喝了酒，他不是宋春来的老乡，就被排除在外。 因此他比平日里火气更大，话说得也更难听。 他把矿灯的光柱直接指在宋春来的胸口上，说你他妈的不要以为你的老婆一直是你的，你今天要是出不来，过不了多长时间，你老婆就跟别人跑了，就成了别人的老婆，别人想怎么搞，就怎么搞。 我说这话你信不信？ 宋春来没有说话。 不管班长怎样训他，骂他，羞辱他，他只能听着，忍着。 冒顶的确是他造成的，他在班长面前理亏。 人怕输理，狗怕夹尾，人输了理，就无话可讲。他要是和班长无理犟三分，班长只会熊他熊得更厉害，说不定当班还取消给他记工。 矿上实行的是日工资，上一个班，记一个工，到月底按工数发工资。 如果这个班不给记工，就会少一个工日的工资。 一个工日合一块多钱呢，一块多钱买盐盐咸，买糖糖甜，还是不被扣掉的好一些。 不过当着那么多工友的面，宋春来脸上也很下不来，也是恼样子，带有不服气的意思。 他在生产中有了失误，一切责任由他承担，牵涉到他老婆干什么！ 他老婆天天在井上，一次井都没下过，招了哪个？ 惹了哪个？

江水君有些看不过去，想帮宋春来说句话，劝班长算了算了，冒顶的事他来处理。 他试了两次，只咳了咳喉咙，话没有说出来。 他怕班长指责他跟宋春来拉老乡关系。 当时上面正反对拉帮结派，拉老乡关系似乎也是拉帮结派之一种，是不允许的。 江水君意识到了，班长不愿看到他和宋春来走得太近，他们的关系密切了，好像会威胁到班长的地位似的。 他要是公开站出来帮宋春来说话，只会增加班长对他的疑忌。 他把矿灯拧灭，退到一边去了。 江水君也悄悄分析过班长李玉山不喜欢宋春来的原因，分析的结果，他认为真正的原因不在宋春来本身，而是因为宋春来的老婆。 不在宋春来在井下干活儿多少，出力大小，是因为宋春来的老婆乔新枝过于漂亮一些。 班长的农村老婆来矿上看过病，班里的工人都见过班长的老婆。 班长生得这般虎背熊腰，力壮如牛，他的老婆却身瘦如柴，脸黄如饼，出气像拉风箱一样，实在让人不敢恭维。 人人都说宋春来的老婆长得好，据说班长也曾找借口到宋春来家里看过。 班长对宋春来的老婆评价不是很高，认为乔新枝的两个奶子太大了，像刚生过牛犊子的母牛的奶子一样。 江水君觉得班长说的不是实话。 男人往往都是这样，越是看见哪个女人长得好，越不愿意附和别人，故意给那个女人挑点毛病，以掩盖真实的想法。 班长一定会想，同样是男人，他的工龄比宋春来长，拿的工资比宋春来多，他还是个班长，他没有娶到好老婆，宋春来凭什么娶到那么好的老婆！ 他的老婆成年病病歪歪，别说与宋春来的老婆比好了，连健康都说不上，真他妈的不公平，太不公平。 在老婆的问题上心里不平衡，他就把气撒在宋春来身上，从宋春来那里找补一下。 事情就是这样，甘蔗没有两头甜，天下的好事不能一个人都占全。 宋春来娶到了一个好老婆，在女人方面占尽风光和实惠，在别的方面就得付出一些代价，吃一点亏。 俗话怎么说的，一个人情场上得意，在别的场就有可能失意。 这个场也应包括采煤场。

五

春节很快过去，向阳坡上的冰雪一点一点化尽，春天来了。 江水君还是和宋春来一个场子采煤。 春节，顾名思义，是春天的节日。 节日以春命名，其实离春天还远，真正到了春暖花开，两三个月已经过去了。井下还是老样子，一块结结实实的黑，从头黑到底，一千年一万年都不会改变。矿上的技术员说，煤炭是由亿万年前的原始森林变成的。按技术员的说法，他们是在采煤，也是在伐木。他们伐的是变成了煤的木头。他们愿意沿着伐木的思路想一下，在想象中，他们仿佛来到了一眼望不到边的树林里。树林里有参天树，也有长青藤，分不清是树连藤，还是藤缠树。树林里鸟也有，花也有。长尾巴的大鸟翩翩地飞过去了，眼前的各色野花一采就是一大把。花丛中还有一股一股的活水，活水一明一明的，如打碎的月亮的碎片。亏得他们不乏想象的能力，有了想象的展开，他们才觉得井下的劳作不那么单调和沉闷了，漫漫长夜般的时间也稍微好熬一些。

这天放炮员放过炮之后，江水君和宋春来就一块儿来到班长分给他们的采煤场子里。江水君用矿灯把整个采煤场子检查了一遍，顶板完整，压力不大，没有淋水。煤墙如整块墨玉一般，上下连贯，中间没有夹矸。今天的劳动条件总算不错。有条件不好的地段，班长才会分给他们。整个工作面条件都不错，没什么骨头，班长也没办法，只得让他们也吃一顿好肉。溜子启动了，宋春来用大斗子锨往溜子里擩煤，江水君拿镐头清理煤墙和底板，准备支柱子。他们两个对采煤技术都掌握得挺好，称得上是熟练工。每天干什么，两个人并不固定，常常是轮换着来。比如今天我支柱子，明天就擩煤；你今天擩煤，明天就支柱子。毕竟是老乡，又是长期合作，谁多干一点，谁少干一点，他们从不计较。 江水君用镐头刨煤，镐下一绊，刨出了一根炮线。 炮线是明黄色，如迎春花的颜色一样，灯光一照，在煤窝里格外显眼。炮线是雷管里面伸出来的线，一枚雷管的线是两根，长约一米五。 炮线是柔韧的金属丝做成的，外面包着一层塑料皮。金属丝一律银白，塑料包皮却五颜六色，有黄有绿，有红有紫。 炮线是导电用的，炮响过之后，炮线就没用了。 放炮员在检查崩煤效果时，常常会顺手把浮在表面的炮线捡走，变废为用，或送给喜欢炮线的人作人情。 因炮线的颜色鲜艳，有人用它缠刀柄，有人用它缠自行车的车杠，有人用它编小鱼小鸟，还有手巧的人用炮线编成小小花篮。 江水君看见过一位矿工哥子用炮线编成的花篮，真称得上五彩斑斓，巧夺天工。 江水君自己不搜集炮线，每每刨出放炮员未能捡走的、埋在煤里面的炮线，他就随手丢到一边去了。 镐头没有把明黄色的炮线完全刨出来，他去扯。 扯了一下，他觉得有些沉，像是钓鱼时鱼钩挂着了芦苇的根。 这里当然没有什么芦苇根，只有煤块子和碎煤。 他以为下面的煤块子把炮线压住了，便使劲拽了一下，这一拽他觉出来了，下面有一个未响的哑炮。 他把炮线拽断了，哑炮留在了下面。 如同人间有聋子、有哑巴，工作面出现哑炮一点都不稀奇。 放炮员有时连线连得不好，或炮线本身有断裂的地方，都有可能出现哑炮。 哑炮当然是一个危险的存在，如果刨煤的人不小心，把镐尖刨在哑炮上，就会把哑炮刨响。 哑炮一响，人如同踩到了地雷，肯定不会有什么好结果。 江水君听说过，这个矿因刨响哑炮被炸身亡的例子是有的。 那是掘进队的一个年轻矿工，刨响哑炮后被炸得血肉横飞，支离破碎，是工友们把他包在一件胶面雨衣里，兜到井上去的。 拽断炮线的一刹那，江水君的脑袋轰地一下冒了几朵金花，仿佛哑炮已经响了。 他拔腿欲跑，身子趔趄了一下，差点绊倒。他回头看了看，见宋春来还在下面擢煤，证明哑炮并没有响，自己还完好地存在着。 为什么说宋春来还在下面擢煤呢？ 外行有所不知，工作面不是平的，一般都是倾斜的，像山坡一样。 到工作面走一遭，等于爬一次山。 因此，工作面上头叫上山，下头叫下山。 这是煤矿的行话，不宜多说。 且说江水君原地犹豫了一会儿，没有再接着刨煤，更没有支柱子。 他从采煤场子里撤出来，到工作面下头去了。 他跟宋春来打了招呼，说他肚子不太舒服，出去埋个地雷。 埋个地雷的说法使他暗自吃了一惊，仿佛说者说时还无意，听者一听就有了意。 说者是他自己，听者也是他自己。 改口是不行的，倘是换一个说法，只会使意义加深，越描越黑。 埋地雷的说法矿上的人都懂，人人都免不了埋地雷。 那不是真的埋地雷，是解大手的代动词、代名词。 埋地雷的典故是从一个很普及的老电影里来的，在那个电影里，中国的民兵游击队在地雷坑里埋进了真地雷，也埋进了假地雷，着实把不可一世的日本鬼子恶心了一回。 这个说法不是他们首创，是借用。 他们首创的说法是把撒尿说成点滚儿。 饺子下进锅里，锅里的水滚了起来，饺子也漂浮起来，这时需要用水点一次到两次滚儿，延长一些饺子在锅里的时间，饺子才会真正煮熟。撒尿又不是煮饺子，为何说成点滚儿呢！这个说法的来历不是很明确，比喻似乎也牵强一些。可是，如同某种小范围内的黑话，一说点滚儿，这里的矿工都明白是什么意思。点滚儿不必出工作面，甚至连采煤场子都不用出，一转身，掏出家伙，点在溜子里就行了。溜子正运行着，里面的煤奔腾向前，这样可以把尿撒得远一些，点滚儿也比较有动感。而埋地雷不行，不能就地埋，必须走出工作面，到稍远一点的地方去。江水君跟宋春来说了他去埋个地雷，这话准确无误。宋春来嗯了一声，表示知道了。江水君没有安排宋春来去刨煤、去支柱子。宋春来把松散的煤撂完后，他想刨煤就刨，想支柱子就支。他不想刨就不刨，不想支就不支。一切由他自己。然而江水君却没有告诉宋春来，就在他们的煤场子靠近煤墙墙根处，有一枚哑炮。事情的玄机就在这里。

井下没有公共厕所，需要埋地雷时，都是工人自己临时找地方。之所以不能把地雷埋在工作面，是因为工作面空间狭小，地雷能量太大，加上有流动的风不断送进来，一人埋地雷，全工作面的人都得掩鼻。就是到远离工作面的地方埋雷，也得像猫盖屎一样，弄些浮煤真正把地雷掩埋起来，使地雷的能量释放得小一些。江水君来到一处运煤巷的巷道边，解开裤带，褪下裤子，屁股朝里，脸朝外，蹲下了。他把矿灯的灯头从柳条编的安全帽上取了下来，拿在手里。 他把巷道左右两边都照了照，巷道里没有别的人，安静得很。不必担心会有女的走过来，因为矿上不允许女的下井，井下全是清一色的男人。 他把矿灯熄灭了，这样可以省一些电。埋地雷又不是拍电影，不用一直亮着灯。 江水君吃不准自己能不能拉出地雷，经过他的努力，哪怕拉出一点点都行。 他一边向下努力，一边听着工作面的动静。 工作面的那枚哑炮，才真正有着与地雷类似的性质。 哑炮能不能炸响，他也吃不准。 要是哑炮响了，他在这里会听得见。 那天班长训斥宋春来，有几句话江水君记住了。 班长说，要是宋春来埋在冒顶下面出不来，过不了多长时间，宋春来的老婆就会变成别人的老婆。 以前江水君没想过这个问题，班长毕竟是一班之长，看问题就是看得远，说话也比较尖锐。 班长的话仿佛在江水君的脑子里打开了一扇门，他从这扇门进去，走神儿走得深一些，也远一些。 矿上每年都出事故，都死人。有时三个五个，有时十个八个。 死人最多的一年，是井下发生瓦斯爆炸带煤尘爆炸，一次就死了八十九个。 死的多是年轻矿工，他们的老婆也都年轻着。 没错儿，矿工死后，那些年轻的老婆守不住寡，几乎都另嫁他人。 如班长所说，如果宋春来出了万一，他的老婆乔新枝也可能会再找一个丈夫。那么乔新枝会找一个什么样的人呢？ 会嫁给谁呢？ 乔新枝也许不会再找工人了，会找一个矿上的干部。 干部不怎么下井，人身安全会有保障一些。 乔新枝的长相，对那些岁数稍大一些的干部会有一定的吸引力。 班长李玉山也许会抓住机会，让乔新枝嫁给他。 班长对宋春来嫉妒已久，对乔新枝也垂涎已久，他不会放过千载难逢的好机会。 班长家里有老婆，这好像关系不大，他可以提出跟老婆离婚，也可以先跟乔新枝拉扯上，等他病得不轻的老婆病死后，再和乔新枝正式结婚。 当然了，江水君本人也不是没有机会，只要他拿出足够的诚意，付出足够的耐心，不信感动不了乔新枝。 他相信，他和乔新枝是建立了一定感情基础的。 春节期间在宋春来家里喝酒，他从乔新枝频频递给他的眼波里看得出来，乔新枝对他高看一眼，还是很青睐的。 特别是乔新枝跟他碰杯时说的那句话，让他觉得大有深意，越想越有回味的余地。乔新枝说，咱什么都不说了，后面还啊了一声。 在只可意会的啊声里，江水君听出了一种难言的亲切。 乔新枝说什么都不说了，表明她对他有话说。 之所以不说，她大概觉得场合不合适，不愿被别人听了去，也是尽在不言中的意思。 江水君还回味出了乔新枝对他的谅解，以及达成永久和解的愿望，乔新枝仿佛在说：过去的事就过去了，不要再放在心上。 过去的事可以过去，那现在的事呢，是不是可以重新开始？

灯光晃了一下，有人从巷道一头走过来。 江水君的努力还没成果，便把身子蹲得更低些。 来人的矿灯照到了他，问：埋地雷呢？ 这次他没有承认自己在埋地雷，说：乱照什么！ 他把矿灯打开，和来人对着照。 他照出来了，来人是班里的一个工友。 他用矿灯干扰了工友的视线，工友就看不见他屁股下面到底有没有地雷。 工友的灯光移开了，跟江水君开了一个玩笑：小心别蹲在地雷上，自己埋的地雷把自己的屁股炸烂。 江水君愿意接受这样的玩笑，这时候是玩笑，换一个时候，玩笑有可能会变成证明，证明他当时的确没在工作面。 于是他添了一点内容，说：地雷是给鬼子预备的，我是不见鬼子不挂弦。 他问工友：你也要埋地雷吗？ 工友说，他的地雷还没造好，暂时没有地雷可埋。 他到下面拉一根坑木。 工友的矿灯为自己指引着方向，从他面前走了过去。

没听见工作面传来爆炸的声响，江水君还要再坚持一会儿。 他估计，宋春来把煤攉得差不多了。 煤一攉完，宋春来就该放下斗锨，拿起镐头，开始刨煤和支柱子。 支柱子之前，必须用镐头把煤墙和底板的硬煤刨一下，因为煤墙被炮崩得参差不齐，底板也高低不平，不用镐头刨一刨，加以整理，柱子就没法支。 只要宋春来拿起镐头刨煤，就有可能把哑炮刨响。 没有听到炮响，他却听到自己头颅里有一种声音在响。 声音很低，却连续不断。 像是宿舍里电棒上的整流器发出的电流声，又像是巷道里的风吹到坑木上长出的毒蘑菇上发出的声音。 他闭上眼睛听，声音似乎大些。 他睁开眼睛，声音似乎小些。 这声音不是耳鸣，要是耳鸣的话，他自己能判断出来。 他断定这声音的确是从自己的头颅里发出来的。 自己的头还会发出声音，这让他觉得神秘，还有一点紧张。他突然站起来，一手提裤子，一手把矿灯安在安全帽上。还好，他到底拉出了一点地雷，还点了一次滚儿。尽管他拉出的地雷很小，还不及一颗地雷的十分之一，但他还是用脚驱了一些浮煤，把地雷埋上了。他埋的煤堆有些大，有些夸张，与地雷的体积不成正比，成反比。他站起得这么快，仓促到连找一个煤块擦擦屁股都没擦，是因他看到那个去拉坑木的工友已经转了回来。工友若是看见他还蹲在这里，人家就会觉得他蹲的时间太长了，怀疑他不是在埋地雷，是在制造地雷。为避免回转的工友看到他，他没有跟工友走同一条路线。他朝前走了一段，拐进了另一条巷道，准备绕一个弯子，再回工作面。

对宋春来能不能把哑炮刨响，江水君并没有多大把握，别说七分八分，连三分五分都没有。哑炮的存在是一回事，能否变哑炮为不哑又是一回事。应该说把一枚哑炮刨响的概率不是很高，须几个条件全部凑齐，哑炮才会开口说话。比如说，宋春来必须动手刨煤，刨煤时必须没发现哑炮，尖利的镐尖必须刨在雷管的敏感部位，才能引发哑炮爆炸。缺任何一个条件，差一分一厘一毫，都不行。走在回工作面的路上，江水君想到，也许宋春来把煤撬完就歇手了。今天轮到他刨煤、支柱子，宋春来不一定会替他干这两样活儿。这两样活儿是技术活儿，相比之下，撬煤的活儿要重一些，不出一两身汗，煤就撬不完。宋春来撬完了煤，当然还要喘口气。宋春来不替他干活儿，他无话可说。结合班长对宋春来的评价来看，江水君对宋春来的评价虽说不像班长打的分那么低，但也高不到哪里去。 这样想着，江水君对宋春来刨响哑炮几乎不抱什么希望了。

江水君是从工作面下头出去的，回来时从工作面上头回来。 工作面的倾斜长度有一百多米，分为一二十个采煤场子。 江水君回到工作面，没有立即回到他和宋春来所负责的采煤场子，隔着别人的采煤场子，他要先观察一下宋春来到底开始刨煤没有。 这一观察不要紧，江水君不由打了一个寒战，心头大跳起来。 宋春来没有偷懒，他在刨煤。 是的，用镐头刨煤的的确是宋春来，不是他江水君。 如果江水君这会儿过去制止宋春来刨煤，还来得及。 但他没有过去，而是悄悄转身，原路退了回去。 有名言说，人生的道路看似很长，其实在关键的时刻只有几步。 一步迈对了，则海阔天空。 一步迈错了，有可能走进死胡同。 在几百米深的井下采煤工作面，在一个不易为人们所察觉的黑暗角落，这关键的一步，江水君无疑是迈错了，沉疴般的疾患从此在他心里种下。 这次他给自己找的理由不再是埋地雷，是到卸料场拉一根坑木。 其实工作面的人各忙各的，没有人注意到他，也没人问他出去干什么。 即使这样，他也要为自己找一个理由，欺骗一下自己。

直到这时，江水君仍不能肯定宋春来能把哑炮刨响。 他给宋春来打了一个赌，也给自己打了一个赌。 他给宋春来打的赌是，如果宋春来把哑炮刨响了，怪不得别人，是宋春来

命该如此，是窑神爷的安排。 他给自己打的赌是，如果宋春
来出了事，合该乔新枝成为他的老婆。 这事也不是由哪个人
说了算，同样完全听从窑神爷的安排。 井上的事归老天爷
管，井下的事归窑神爷管，在井下打赌，必须请无所不在的
窑神爷裁决。 打赌的好处，在于可以把事情推出去，不管是
输是赢，他都可以不负责。 这次如果赌输了，他从此不到宋
春来家里去，对乔新枝再也不抱任何妄想。 他相信他有这样
的志气。 他没有往赢的方面多加设想，十赌九输，他小时候
在农村老家时就听过这样的话。 这一次他赢了。 他胳膊下
抱着一根粗大的坑木，坑木一头拖着地往工作面走。 刚走到
工作面的入口，他就听到了爆炸声。

六

矿上出了人身事故，总要开一两个事故分析会，分析造
成事故的原因。 弄清原因有三个目的：一是给事故确定性
质；二是分清责任，该处分谁就处分谁；三是把事故过程记
录在案，作为一个案例以警示后人。 分析的结果，放炮员没
有责任。 两个放炮员，一次放几十炮，出现个别哑炮属于正
常现象。 排炮响过之后，他们到工作面检查过，但工作面崩
下来的煤很多，个别埋在下面的哑炮不可能全都检查出来。
班长没有责任。 放炮之后，采煤工进入工作面之前，班长确
实提醒过大家，要大家注意安全。 班长解释说，他虽然没有

特别提醒大家注意发现哑炮，但注意安全里面包括这一项。
开分析会时，全班的矿工都参加了。 矿上安全监察科科长向
与会的矿工发问：谁能证明班长说过要大家注意安全的话？
有几个矿工先后举手，说他们能证明。 举手的人包括江水
君。 江水君并不记得班长说过那样的话，出于一种相当微妙
和相当复杂的心理，他站出来帮班长说了话。 每个做证明的
人必须报出自己的姓名，由记录员记在本子上。 科长问江水
君：你叫什么？ 江水君说：我叫江水君。 科长又问：是姜
太公的姜，还是长江的江？ 江水君把自己姓名的每一个字都
说了一遍。 江水君脸色发黄，眼泡有些浮肿。 这可以理解
为他夜里没休息好，或为死去的阶级兄弟掉过眼泪。 那时工
人阶级被称为领导阶级，所有的矿工都是阶级兄弟。 江水君
跟宋春来一个场子采煤，他也是被分析的对象之一。 分析到
江水君时，他手脚冰凉，如同掉进了冰窖。 他的头还有些
晕，像是随时都会晕倒。 他把右手插进裤子口袋里，用大拇
指的指甲使劲掐食指的指头尖，听人说过这样可以使自己保
持清醒头脑。 他暗暗告诫自己，千万不要晕倒，一晕倒表明
他心里有鬼，只会引起科长等人对他的怀疑。 江水君说，他
出去解了一个手，顺便到卸料场拉回一根坑木，回到工作面
时，就听见工作面里响了一声。 他没有把解手说成埋地雷，
在如此严肃的场合，任何不严肃和容易产生歧义的话都不能
说。 他还说，他要不是出去解手，也会被炸死。 那样的
话，这次事故死的人就不是一个，而是两个，他就不能和大

家一起坐在这里说话了。说着，他自我作悲似的，眼泪在眼眶里打转转。科长像是抓到一点破绽，问：你们在井下解手不都是说埋地雷吗？会场上有人笑了一下。江水君说：那是说笑话。科长又问：你说你去解手，谁看见了？谁能给你证明？江水君的眼睛找到了那个工友，那个工友为他做了证明。那个工友证明时提到了他们两个当时的对话，只得使用埋地雷的说法。这样的说法使会场的气氛轻松了许多。可科长的表情仍严肃着，继续像庭审一样对江水君发问：去解手之前，你发现哑炮了吗？江水君说没有。科长追问：真的没发现吗？江水君说真的没发现。江水君很害怕科长接着往下问。要是科长问他当天的任务是什么，擂煤还是刨煤，他就得撒谎，回答是擂煤。要是科长问谁能证明，事情恐怕就有些糟糕。他的脊梁沟在冒冷汗，脸上的黄色都不能保持，变得比苍白还苍白，心理防线几近崩溃。谢天谢地，科长没有再接着问，把他放过了。

责任由谁来负呢？总不能让死者宋春来负吧？说来哑炮真是恶毒至极，它的哑是装出来的，像是在积蓄力量。它装哑的目的不只是要炸煤，还要炸人。它把个子不太高的宋春来炸到采空区里去了。采空区里都是放顶放下来的石头，那些石头犬牙交错，层层叠加，每一块石头都比一盘石磨大。哑炮巨大的冲击力把宋春来贴到了石头上，班里的人都不敢进采空区去揭。等矿上的救护队员赶来，才把可怜的宋春来揭了下来。

分析来，分析去，谁都没有责任。死人不用负责，活人也不用负责。矿上给这次死亡事故定的性质不是人为责任事故，是意外工亡事故。所谓意外，就是超出了人们的想象，出乎人们的意料。所谓工亡，就是因工作而死亡，好比打仗的士兵死在战场上。也有的文件表述为公亡，强调是因公死亡，不是因私死亡。因公和因私大不一样，可以说有天壤之别。因公死亡是光荣的，夸成万丈光芒都没关系。因私死亡是可耻的，不但得不到人们的同情，恐怕还要受到批判。在物质利益方面，对因公死亡的矿工家属，矿上可给予一定的补偿。要是因私死亡，死了白死，死亡者家属可能什么都得不到。

开事故分析会的当天，科长并没有当场宣布结论，没有给事故明确定性，说还要跟矿领导研究一下再定。江水君理解，科长等人像法官一样把他们审问过了，只是没有当庭宣判。在等待"宣判"期间，江水君的心锤子一直像在半空中吊着，忽悠来，忽悠去，什么都靠不到。心锤子偶尔碰壁，砰砰砰就是好几下，像是要把心锤子和心壁同时碰碎。他想去看望乔新枝，又不敢去。受到这样塌天般的沉重打击，乔新枝一定悲恸欲绝，哭得昏天黑地，他不知怎样安慰乔新枝。见到乔新枝，他也会陪着乔新枝哭，不哭说不过去。可是，他哭了，又能怎么样呢！这会儿他在宿舍里就想哭，一时又哭不出来，好像还不到时候。至于什么时候算到时候，他自己也说不清楚。俗话说，不见棺材不落泪，不到黄河心不死。 他不知棺材指的是什么，也不知道黄河在哪里。宋春来出事后，江水君把宋春来的一件遗物捎了回来，是那只被煤染成黑色的帆布提兜。 宋春来每天下井升井都提着它，江水君对提兜很熟悉。 江水君在工具房一角找到提兜时，里面还是空的，宋春来还没有往里装煤。 他替宋春来挑了几块煤，装进提兜里，并把提兜带上了井。 他知道，乔新枝每天在家所烧的煤，都是宋春来一兜一兜提回去的。 宋春来不在了，以后他得帮乔新枝提煤，不能让乔新枝缺烧的。如果说提兜是宋春来留下的衣钵，他必须把衣钵继承下来。装了煤的提兜就在床底下放着，他想是不是现在就去把煤给乔新枝送去。 宋春来去世已经三天，没人往家里捎煤，乔新枝断了烧的可不行。 他起身下床，伸手从床下把提兜提了出来。 提兜在手上一沉，他心里也一沉。 乔新枝若看见丈夫过去天天提的提兜，睹物思人，又会伤心落泪。 同时，他这么急着去乔新枝家恐怕也不太好，事故的性质尚未确定，有人发现他去乔新枝家，只会增加人家对他的怀疑。 他犹豫了一会儿，把提兜放回床下，重新躺到床上。 他闭上眼，希望自己早点睡着。 人说熟睡如小死，就让自己尽快地小死一回吧。 小死上几回，也许事情就明朗了。 到那时，该他大死，他就去大死，无所谓。 然而小死不是那么容易的，他越是想小死，脑子越倔强得很，七想八想，小死不成。 这时他的脑子谈不上清醒有条理。 想什么，不想什么，不是他所能当家。 别看他脑子里翻江倒海，翻起的都是沉沙，什么都看不清。 不过他脑子也说不上糊涂，手在哪里，脚在哪里，他脑子里都有数。 手往哪里放，脚往哪里走，还是靠脑子掌控。 有那么一刻，他脑子里明了一下，像突然照进一道亮光。 宋春来是他的近老乡，他把宋春来叫哥，如今哥死了，撇下嫂子和侄子，他不去看望嫂子和侄子，谁去看！ 春来哥人都死了，他还活着，他犹犹豫豫，连嫂子家都不敢去，岂不是太没人心了！ 去，一定要去，什么都不怕，别人想说什么，就让他说去。

江水君提着煤来到山下，仰脸找嫂子家的小屋。 山上黑乎乎的，只有少数几家的屋子透出一点亮光。 亮光在高处，几乎和天上的星光接壤。 嫂子家的小屋没有一点灯光透出来，嫂子和侄子大概睡了。 既然到了这里，还是要上山看一看。 来到半山腰，他又听见张海亮弹琴的声音。 张海亮还是那样的弹法，一个音一个音往外蹦，每蹦一声都像琴弦断了一样。 江水君听不惯张海亮这样弹琴，他觉得这样的琴声不太吉利。 特别是在山上的黑夜里，张海亮弹得像断魂的曲子一样，简直有些瘆人。 你看你看，张海亮的琴弦没有断，宋春来家的琴弦却断了一根。 宋春来家原来是两根琴弦，宋春来一根，乔新枝一根。 宋春来那根琴弦一断，只剩下乔新枝一根，恐怕就没法弹了。 来到小屋门前，江水君静了静气，轻轻叩门，轻轻叫嫂子。 他听见自己的声音有些变异，有些陌生，不像是从自己嘴里发出来的。 屋里没有应声。他又叫了两声，屋里还是没有应声。 这是为什么，难道嫂子不愿理他了，从此跟他断绝往来？ 嫂子也知道他和宋春来一个场子采煤，宋春来被炮崩坏了，他一点事都没有，难道嫂子对他产生了怀疑？ 要是那样的话，就糟糕透了，恐怕他跟嫂子怎样解释都解释不清。 他往天上看看，天上是星空。他在山下看见星星时，星星并不是很高，似乎就在山顶。 等他到了山上，发现星星原来还是很高，跟他拉开着很远的距离。 山上有风，阵阵凉意随风袭来。 季节虽说到了春天，凉意却不见明显减弱。 春天的凉和秋天的凉不同，秋天，人们准备着凉，凉来了，那是应该的；春天，人们准备着暖，凉迟迟不走，凉就显得格外的凉。 嫂子不答应，再叫也不好。 事情有再一再二，不能有再三再四。 当他准备离开时，回头再看，他才发现嫂子门上落着锁。 他伸手把铁锁摸了摸，往下拉一拉，锁的确锁得严丝合缝。 怪不得叫嫂子，嫂子不答应，嫂子不在屋里，怎么能答应呢！

他想起来了，嫂子和侄子一定被矿上的人接走了，被安排住在矿上的招待所，或条件更好一些的矿务局招待所里。和嫂子住在一起的，应该还有嫂子的娘家人，以及宋春来的父母和兄弟姐妹。 江水君听工友们说过，矿上有几个人，组成一个班子，专门处理工亡矿工的善后事宜。 班子里有男有女，有科级干部、一般干部，还有医生。 他们分工明确，有的唱红脸，有的唱黑脸。 唱红脸的负责对工亡矿工家属进行抚慰，陪着掉掉眼泪。 有矿工的母亲和妻子哭得昏死过去，医生马上投入抢救。 唱黑脸的负责对矿工家属讲政策，双方就善后问题进行谈判。 往往是红脸唱罢黑脸唱，你方唱罢我登场。 不管红脸黑脸，他们的经验都很丰富，配合相当默契。 这期间，矿上还会拨出一笔经费，用以招待工亡矿工家属。 除了让家属们住招待所，洗热水澡，每天的午餐都有鸡肉鱼肉猪肉牛肉。 每个工亡矿工生前都不曾受过这样的招待，都没吃过如此丰盛的午餐。 他们死了，这是矿上给他们的亲人们的特殊待遇。 矿上的意思，人家的父母死了儿子，妻子死了丈夫，孩子死了父亲，给人家的家庭造成多么大的痛苦，矿上花点钱算什么！ 而矿工的家属们都害怕得到这样的待遇，这样的待遇是以牺牲儿子或丈夫的宝贵生命为代价啊！ 嫂子不在家，江水君在小屋门前站了一会儿，只好下山。 回到宿舍，他才发现那一提兜煤还在他手上提着，几乎骂了自己。 嫂子不在家没关系，他可以把煤倒在门口一侧的墙边，明天再提回一兜子嘛！ 看来他还是有些糊涂了。

　　给宋春来工亡事故的定性，是采煤队的一个副队长在班前会上宣布的。 副队长说得一点都不郑重，有点轻描淡写。他说队长让他跟大家说一下，他就说一下，宋春来的事就算过去了。 副队长还说，他早就知道，这次事故属于意外工亡事故。 矿上出哑炮事故不是一回两回了，哪回定的不都是意外事故。 不意外怎么着，谁还故意埋下哑炮崩人不成！ 哑炮不长眼，崩住谁该谁倒霉，话只能这么说。 人要想不倒霉，就得多长点眼色，到工作面把眼睛瞪得大大的。 副队长的话，别人也许听得不认真，可江水君一字一句都没落下，都记到心里去了。 他还很年轻，还没有结婚，前面的路还很长。 副队长的话关系到他今后的路怎么走，关系到他的命运，他不能不格外重视。 这下好了，他没事了，他的心不用再吊着了，可以回到原位。 打个比方，一个人被怀疑与一桩人命案有牵连，这个人被看起来了，在对他进行调查和审问。 这个人心里明白，他的确与人命案有脱不开的干系，所以成天提心吊胆，惶惶不可终日。 然而调查结果出来了，没发现他与人命案有特别的干系，他是无罪的人，即刻获得释放。 江水君此刻的心情和比方中的人心情是一样的，深感万幸，如同从此得到解脱，获得新生。 采煤队的班前会议室很小，只有两间屋。 会议室里没有座椅，只有几排粗糙生硬的水泥条凳。 参加班前会的职工挨挨挤挤地坐在水泥条凳上。矿工差不多都抽烟，会议室总是烟雾腾腾。 有人舍不得买烟卷，就自己用废报纸卷生烟抽。 江水君不抽烟，他每次开会都嫌浓烟呛人。 这天他没觉得烟味不好闻，似乎觉得烟味还有些香。 副队长从煤矿技术学校毕业，据说以前在科室当科长。 因他犯了男女关系方面的错误，矿上就把他下放到采煤队当副队长，以改造他的小资产阶级世界观。 以前江水君不爱听副队长讲话，他一讲话老是充满怨气。 这次不一样，不管副队长所讲的意思，还是说话的口气，他听来都很对味。他产生了一点错觉，以为副队长的话都是为他讲的，都是为他开脱，他对犯过错误的副队长产生了一种类似感恩的情感。

七

　　江水君轻装上阵，每天下班之后都给乔新枝提去一兜子煤。 煤都是江水君挑选出来的，看着明，掂着轻，擦一根火柴都点得着。 不是说煤是树变成的吗，拿树作比，他给乔新枝拿去的不是树根，也不是树枝和树叶，都是树的中段，是中段里面的心。 煤矿工人有什么，煤里爬，煤里滚，不就是烧煤方便嘛！ 广播里说，煤代表着温暖。 那么，他给乔新枝送去的就是温暖。 连着去了三四次，江水君仍没有看见乔新枝。 每次提着煤走在路上，他都想，乔新枝该回来了，这次应该能见到乔新枝。 当来到小屋门口，他再次失望。 门还是关着，锁还是锁着，屋前屋后连个人影都没有。 他每次来都把煤倒在门口一侧的墙根，煤越积越多。 到了第九天的晚上，煤已积攒成了一堆，仍不见乔新枝回来。 乔新枝住招待所，也不会住这么长时间吧？ 和矿上签订完善后事宜之后，乔新枝是不是带着孩子回老家去了呢？

　　他马上找老乡去打听，一打听就证实了他的猜测，乔新枝果然回老家去了。 按照宋春来父母亲的要求，矿上的坑木加工厂为宋春来打制了一口厚重的红松木棺材，把经过整理的宋春来的尸体装进棺材里，派一辆车，直接把宋春来送回老家去了。 矿上派车时，矿领导特意安排装了半车好煤，和宋春来的遗体一块儿送回宋春来老家。 卡车的车斗子里，下面装的是煤，煤上放的是白茬子棺材。 乔新枝要回老家为丈夫送葬，当然还要带儿子跟车回去。 江水君还听老乡说，宋春来死后，按政策规定，宋春来家可以有一名直系亲属顶替宋春来到矿上参加工作，这个人可以是宋春来的妻子，也可以是宋春来的弟弟。 这种政策是抚恤政策之一种，被称为顶工抚恤。 如果家里有人顶上来参加工作，每月可以领到工资，别的抚恤项目就不再考虑。 工亡矿工的亲属一般都会选择顶工。 家里好不容易有一个参加了工作，拿到了国家的工资，吃到了国家供应的商品粮，这个人不在了，家里一定得派一个人顶上去。 这样不但可以把国家工人阶级的名誉继承下来，还可以长期领到工资，比一次性领几百块钱的抚恤金合算得多。 乔新枝倘若能顶替丈夫宋春来参加工作，不但每个月都可以领一份工资，她的儿子也可以随母亲转成非农业户口。 然而乔新枝没有和宋春来的弟弟宋春宝争，她把唯一一个参加工作的指标让给宋春宝了。 这一让，乔新枝什么都没有了，没有了丈夫，没有了工作，也没有了抚恤金，她和儿子的生活随之没有了经济来源。 知道了这些情况，江水君差点哭了。 他想马上回到老家去，把乔新枝母子接回来。 每个矿工每年只有十二天探亲假，江水君去年的探亲假已经用过了，今年的探亲假还不到时间，矿上不会批准他回老家。 他还得耐心等待乔新枝回来。 乔新枝的一些东西还在山上的小屋里放着，他相信乔新枝一定会回来。

　　又过了两天，乔新枝终于带着孩子回到矿上来了。 江水君看到乔新枝家的小屋里透出的灯光,他像是见到久违的光明,心跳得厉害。 他准备好了,见到嫂子,要好好流一回泪,为嫂子,也为自己。 他敲门进屋,见屋里先来了一个人,是拄拐棍的张海亮。 张海亮坐在门口的石头墩子上,单拐在地上放着,怀里抱着他的琴。 江水君说:嫂子,你回来了。 乔新枝说回来了。 江水君问:什么时候回来的? 乔新枝说今天下午。 问了这两句,嫂子答了这两句,江水君似乎就不知道说什么了。 他准备的有满腹的话,也有满腔的感情,因张海亮在这里坐着,他心里像是遇到了障碍,话一时说不出,感情也用不上。 说话,办事,两人为私,三人为公。 他的话是准备说给嫂子听的,他的感情都是准备流露给嫂子一个人的,让别人听见、看见,就不合适了。 嫂子素袄素裤,素鞋素袜,人瘦了许多,也憔悴许多。 才十几天时间,却恍若隔世,江水君几乎不敢相信,眼前这个嫂子就是原来那个嫂子。 原来那个嫂子流光溢彩,顾盼生辉。 眼前这个嫂子暗淡无光,眼神呆滞,好像另换了一个人。 这十几天里是嫂子大悲大痛的十几天,嫂子一定还在悲痛中沉浸着,没有缓过神来。

江水君一时说不出话,坐在石头墩子上的张海亮,也沉默着,像石头一样,不说话。 在江水君进屋之前,张海亮一定在跟嫂子说话,在安慰嫂子。 因为他看见张海亮和嫂子的眼圈都有些红,心情都很沉重。 张海亮被砸断了腿,老婆离他而去。 嫂子的丈夫遇到了不测,现在只剩下无依无靠的母子二人。 他们的命运有相似之处，对彼此的处境容易互相理解。 琴一直抱在怀里，张海亮大概还准备为嫂子弹琴。 琴弦绷得紧紧的，已处在相当敏感的状态，张海亮只需轻轻一拨，琴即时就会发出声来。 张海亮暂时没有弹琴，因为小火炭正在床上睡觉，他定是怕惊醒了小火炭。 江水君以为，张海亮不弹琴也好，他所弹的调子都是那种凄凉的，催人泪下的。 嫂子的心本来已经够伤悲的，秋风秋雨秋不尽，哪堪琴声再助伤悲！ 江水君看出来了，张海亮对他半道插进来不甚满意，张海亮仿佛在说：我正跟嫂子说话，你来干什么！ 张海亮之所以沉默下来，是想让他离开，他离开后，张海亮可以接着和嫂子说话。 江水君心说：我干吗离开，我才不离开呢！ 我跟嫂子是近老乡，我来看嫂子是应该的。 我不光今天来看嫂子，以后天天都会来。 三个人都缄着口，二弦琴也缄着口，局面就这样僵住了。 远处有压风机的声音传过来，那是安在风井口的巨大的压风机在日夜向井下送风。 压风机实际上是在向自然界借风，借了东风借西风，借了秋风借春风，井上有什么风，它就借什么风。 这天天上升起了月亮，门口的地上洒有一些月光，外面不怎么黑。 还是嫂子把僵局打破了，她问江水君：那一堆煤是不是你送来的？ 江水君说是。 他这才意识到，自从进得门来，那装满煤的帆布兜子一直在他手里提着，没有放下来。 嫂子问到了煤，显然看到了他手里的提兜，他赶紧把提兜放在地上。 嫂子说：你以后别再往这里送煤了，过一段时间，我跟孩子回老家去，烧不着煤了。 这是江水君没有想到的。 嫂子回老家去，他怎么办？ 他说：不，我一定要给你送！ 他的口气非常坚决，像是在发誓。 他没说出来的还有话：春来哥不在了，你和小火炭眼看就没有吃的，没有烧的，我不管谁管！ 你要是不让我管，还不如让我去死。 我死了也比现在好受些。 后面的话虽然没说出来，但管得了嘴，管不住眼，那些话一字一句变成热泪，顿时涌满眼眶。 他想用眼眶把眼泪框住，但终究框不住，漉漉地涌了出来。 眼泪有眼泪的逻辑，管不住，就不管它，让它流去。 嫂子的眼泪还没有流干，相反，她流眼泪像是流出了惯性，越流眼泪越多，泪窝子越浅。 见江水君的眼泪无声长流，她的眼泪也流了出来。 她回身帮儿子把被子披了披，不易被人察觉地用衣袖把眼泪擦去。 她回过脸来，勉强平静一下，说：别这样，各人有各人的命。 江水君说：嫂子，我要给你送煤送一辈子！ 说到一辈子，江水君的眼泪流得更汹涌些。 人有几个一辈子呢，一个人一生只有一个一辈子，江水君拿送煤说事，总算把一辈子的心愿说了出来。

张海亮把江水君的眼泪看到了，要说对嫂子的感情浓，看来他浓不过江水君。 他把拐棍抓在手里，说：嫂子，你们说话吧，我改天再来。 嫂子说：再坐一会儿吧。 张海亮说不坐了。 嫂子伸开两手，欲扶他一把。 他说不用，拐棍拄地，一用力就站了起来。 他的琴上有一个背带，他把背带斜挎进脖子里，把琴背在身后。 往身后背琴时，不知哪里触到了琴弦，琴叮咚响了一下，并发出殷殷的余声。 嫂子把张海亮送到门外，一再嘱咐张海亮小心，慢点儿。 张海亮下坡时，她还是伸手扶了一把。 张海亮说：有月亮，没事儿。嫂子你回屋吧！ 月光洒满了山坡，山坡上一片白花花的。连接各家门前的小路更白，宛如一道道泉水。 乔新枝往天上看了看，月亮是半个。 她一时记不起来，这半个月亮是新月还是残月。 不管新月、残月，还是圆月，都是给准备团圆的人预备的。 像她这样的人，对月亮还能有什么寄托呢！

回到屋里，乔新枝没有关门。 她指着空出来的石头墩子，让江水君坐。 江水君摇头不坐，只站着。 江水君说：嫂子，我都知道了。 你一定要保重身体。 乔新枝没说话，她不知道江水君都知道了什么。 江水君：嫂子，我对不起你，都怨我没照顾好春来哥。 乔新枝说：谁都不怨，他的命赶到那儿了，谁都没办法。 要说怨，只能怨他自己，怨他自己的命不好。 我的命也不好。 江水君说那天我要不去解手就好了，要死，我们兄弟俩一块儿死。 一块儿死了，到那边也好互相有个照应。 这样说着，江水君心中波澜又起，眼泪再次流出来。 乔新枝说：你这样一说，春来就听见了，你就算对得起你春来哥了。 伤痛未平的乔新枝提不得宋春来，一提宋春来，万般伤痛重新聚拢，喉头哽都哽不住，转身趴在床上啜泣起来。 她压抑着自己的哭声，显然是怕惊醒了儿子。 连日来，尚不满周岁的儿子都是在哭声中度过的，受的惊吓还少吗！ 江水君却没有压抑住自己，他跪倒在地，哭出声来。 他肯定要给嫂子下跪，这是一个下跪的机会。 只有他自己心里明白，屈膝下跪里包含着多么深痛的忏悔。 他边哭边说：嫂子，你千万不要走，千万要给我一个机会。 春来哥不在了，还有我呢，我一定照顾好你们娘儿俩。 江水君一哭，小火炭果然被惊醒了，小火炭一醒，就哇哇大哭，两手乱抓。 乔新枝赶紧把儿子抱起来，说噢，噢，好儿子不哭，妈妈在这儿呢！ 她对江水君说：你这是干什么，赶快起来。江水君不起来，说：从这个月起，等发了工资，我就把工资全部交给你。 你给我一分，我就花一分。 你不给我，我一分都不花。 我这个要求嫂子得答应我，嫂子要是不答应，我就不起来。 乔新枝明白江水君的意思，她没有答应江水君，说：这是哪里话，我怎么能花你的钱！ 我是结过婚、有孩子的人，岁数也比你大，你不怕别人笑话，我还怕别人笑话呢！ 再说，我男人走了还不到一个月，也不兴说这个话。咱老家的规矩我想你应该知道。 江水君说：规矩我知道，我没有别的想法。 你答应我住在矿上不走，还不行吗？ 你要是走了，我也没法活。 乔新枝说：这是何苦呢！ 我暂时不走，好了，起来吧。 江水君这才站起来。

第二天下班后，江水君去给乔新枝送煤，只把煤倒在门外的煤堆上，没进家就走了。 乔新枝听见了江水君往煤堆上倒煤的声音，让江水君到屋里歇歇。 江水君说不歇了，嫂子歇着吧，就提着空兜下山去了。

江水君刚走了一会儿，班长李玉山到乔新枝家里来了。李玉山穿得整整齐齐，手脖子上戴着明晃晃的手表。 李玉山提来一盒点心，还给乔新枝的儿子买了一件衣服。 李玉山连连叹气，一上来说的话跟江水君差不多。 他说宋春来在他手下干活，他没有照顾好宋春来的安全，以致出了这么大的祸，给乔新枝造成了这么大的痛苦，他觉得很对不起乔新枝，特地向乔新枝表示慰问。 乔新枝说：谢谢李师傅。 李玉山说不用谢，宋春来不在了，还有我们大家呢，以后你有什么困难只管说。 说到困难，李玉山把小屋环顾了一下，说小屋的面积太小了，等小孩子会走了，屋里连个玩儿的地方都没有。 至少把小屋的面积扩大三倍，才稍稍像个家的样子。 李玉山还说，屋里连个吃饭的小桌都没有，要是来个亲戚朋友啥的，菜盘子都没地方放。 不说多么齐全吧，家里至少应该有一张小桌，四个小凳子。 他毕竟是当班长的人，行使过一些权力，说话的气魄与江水君不同些，他说：这样吧，做小桌和凳子的事我来解决。 我有一个哥们儿在坑木加工厂上班，让他弄出几块板皮小菜一碟。 乔新枝说：不麻烦李师傅了，过一段时间，我们就回老家去。 李玉山问：回老家干什么？ 乔新枝说：回老家种地呗。 李玉山把两只手都竖起来摇了摇，说：乔新枝，听我的，你不要走！ 他把话切入了正题，让乔新枝跟他过吧。 说了让乔新枝跟他过，他两眼看着乔新枝，满怀渴望的样子。 乔新枝知道李玉山是有老婆孩子的人，还见过李玉山的老婆，李玉山这样说不太合适。 乔新枝把态度硬住，说：你不是跟嫂子过得好好的嘛，我看嫂子是个很贤惠的人。 李玉山说：我老婆人是不错，不过她的病已经很重，恐怕连今年都熬不过去。 你等等我吧。
我知道矿上喜欢你的人可能不少，我还是把这个话先过给
你，希望你能等等我，可以吗？ 乔新枝没有给李玉山留希
望，她说：李师傅，我觉得你这个想法不合适。 要吃还是家
常饭，要好还是结发妻，你还是好好给嫂子治病吧。 把嫂子
的病治好，比什么都强。 在井下采煤工作面，李玉山习惯了
说一不二，不知不觉中，他把这个习惯带到了井上。 听乔新
枝指出他的想法不太合适，他稍稍有些着急，眉头皱成了疙
瘩。 他说：我是实事求是，有些病能治，有些病谁都不能
治。 我们这些干粗活儿的人，说话可能有些粗，可是，话粗
理不粗。 有一句话，我不知道当问不当问，是不是有人向你
求过婚了，比如说你的老乡江水君？ 乔新枝说没有。 李玉
山说：不管有没有，我不得不提醒你，对江水君，你一定要
小心，我觉得这个人不太正道，是个危险的人。 话只能说到
这儿，不能再往下说了。 乔新枝说：在短时间内，我不会考
虑自己的事。

八

　　乔新枝住在山上的石头小屋没有走，六七个月之后，她
和江水君才成了一家人。 这时春天过去了，夏天也过去了，
秋天已经来临。 山根处生有一些酸枣树，树上的叶子开始变
黄，一粒粒没摘去的酸枣显现出来。 酸枣是丹红色，在黄叶

的衬托下，宛如一颗颗南国的红豆。 乔新枝的儿子已经会走，会跑，上山时不用抱他，只牵着他的小手，他就一步一步登到山上去了。 每次登到家门口，他都回头向山下望着，一副颇有成就的样子。 乔新枝还是每天下山打水，每天在家看孩子，做饭。 只不过，她以前等的是宋春来，现在等的是江水君；以前她给春来做饭吃，现在是给江水君做饭吃。乔新枝的生活好比矿井口的小轨道上跑的矿车，跑着跑着，在道岔前掉了一次道。 如今道岔扳好了，矿车又走上了正轨。

江水君和乔新枝的结合，并不是那么容易。 江水君除了天天坚持给乔新枝送煤；除了每月坚持把工资留给乔新枝，自己吃饭只花以前的积蓄；除了一抱住小火炭就舍不得放手，眼里老是泪汪汪的，还有两件事，从反面促进了乔新枝和江水君的结合。 先说第一件事。 不知是谁告发的，矿上保卫科知道了乔新枝门前有一堆煤，恐怕有上千斤，而且都是优质煤。 这天，江水君刚把一兜子煤倒在煤堆上，保卫科的两个人就出现在他面前。 证实这一堆煤都是江水君从井下带上来的，保卫科的人认为，带一点煤自己烧是可以的，把煤积攒这么多，就有拿煤卖钱的嫌疑，就是侵占国家财产。保卫科的人对江水君提出两条处理意见：一是命江水君把这堆煤全部送还矿上，当然不是送还井下，是送到矿上的职工食堂；二是责成江水君在队里的班后学习会上斗私批修，做出深刻检查。 江水君不敢违抗，把煤送到了食堂，也做了检查。 第二天江水君自己花钱买了一推车煤，把煤卸在山下，又用乔新枝提水用的铁桶，一桶一桶提到乔新枝家里。 江水君不再用帆布提兜给乔新枝提煤了，他把帆布提兜洗干净，晾干，叠起来，送还给乔新枝。 他说：嫂子，这是我春来哥用过的提兜，你收起来吧，也算是一件纪念物。 乔新枝接过提兜，一手托着，一手在上面抚了抚，像是一下子想起许多往事，眼里便起了雾。 她说：水君，让你受委屈了。 江水君的委屈是有的，说他侵占国家财产，让他把煤送到食堂，是一重委屈；让他在工友面前做检查，说他拿国家的煤，到一个寡妇家里买好，又是一重委屈。 不管受的委屈再多，江水君都准备自己包着，不在乔新枝面前流露出来。 不料委屈是脆弱的，经不起点，乔新枝一点，他的委屈就满了，差点顺着眼角流下来。 他赶紧把委屈控制住，说他受点委屈没什么，只要嫂子不受委屈就行了。 第二件事，也是保卫科的人"听到群众反映"，找到江水君头上，使江水君受到了更大的委屈。 一天晚上，江水君跟乔新枝说话说得晚了点，保卫科的两个人突然就推门进来。 他们把江水君和乔新枝审视着，问二人是什么关系。 乔新枝答话：什么关系？ 老乡关系！ 她对保卫科的人突然闯进来很不满。 不用说，保卫科的人是来捉他们的，想让他们丢脸。 他们什么都没做，所以什么都不怕。 保卫科其中一个人说：老乡关系？ 恐怕不仅仅是老乡关系吧！ 一个男的，一个女的，老在一块儿干什么？ 还是乔新枝回答：什么都没干，说话。 怎么，一个男的，一个女的，就不能在一块儿说说话了？ 保卫科的人说：你说什么都没干不行，我们还要调查。 他们把江水君带走了。 保卫科的人通知江水君所在的采煤队，让江水君停止工作，写检查。 检查内容包括：什么时候开始和乔新枝发生男女关系的；一共发生了几次关系；乱搞男女关系的思想根源是什么。 在山上的小屋，保卫科的一个男干事也在对乔新枝进行调查。 男干事问得拐弯抹角，目的还是问江水君跟乔新枝的关系到了哪一步，发生关系没有。 乔新枝做了保证，说她保证江水君是一个好人，老实人。 江水君见她死了丈夫，只是同情她，才时常到她这里坐坐，跟她说说话。 江水君规矩得很，从来没做什么不规矩的事。 男干事不相信，说乔新枝的条件这么好，江水君对她不可能不动心。 他退一步问乔新枝，江水君调戏过她没有，比如说是不是摸过她的乳房。乔新枝的脸红过一阵，恼了，说：有这样说话的吗，你们把屎盆子往一个好人头上扣，难道就不怕亏良心！ 她抱起孩子到门外去了。 停了一会儿，见保卫科的人走了，她也锁上门，带着孩子下山，到矿上的单身宿舍找江水君去了。

江水君写不出检查，队里又不让他上班，他只能躺在床上蒙头睡觉。 乔新枝找到他，见他眼泡肿得老高，头发乱得像一蓬老鸹窝，对他说：水君，起来吧，去洗洗头，洗洗脸。 你要是实在不嫌弃我们娘儿俩，咱们就去登记，结婚。

跟乔新枝结婚，江水君没敢让在老家的父母知道，父母若知道，一定不会同意。 他也没告诉矿上的老乡，老乡们若是知道了，会让他请客。 请客倒没什么，老乡们来了，他怕的是老乡们跟乔新枝瞎闹。 春节期间宋春来请客时，小屋的主人还是宋春来。 有宋春来在，别人怎么闹都没关系。 现在宋春来不在了，乔新枝的心成了破碎的心，哪里都碰不得。 江水君也没有请婚假，队里已停了他三天工，扣了他三个班的工资，如果他再请假，耽误的班会更多。 这天下班后，趁夜幕已拉下来，他只把自己的一套被褥抱到山上的小屋，就算和乔新枝正式结婚了。 结婚的日期是他俩事先商量好的，乔新枝已做好了四个菜，等他回来吃饭。 江水君来了，她呀了一声，说忘了买酒。 江水君说没关系，不喝酒了。 乔新枝说：这会儿商店肯定关门了，不然我到别人家借一瓶吧，明天买了再还给人家。 江水君笑笑问：你很想喝吗？ 乔新枝说：不是我想喝，我想让你喝点儿。 江水君说：喝酒的机会有的是，今天就不喝了。 江水君显得有些拘谨，站也不是，坐也不是，手脚都放不开。 乔新枝指着黄焖鸡块让他吃，他说好，他自己来。 说了自己来，却不动筷子夹。 乔新枝只好挑了一块鸡腿肉，放在他碗里。 乔新枝说：你真像个害羞的新娘子啊！ 江水君刚想说是吗，忽然想起，他怎么能是新娘子呢，便说：你不要弄错了，你才是新娘子呢！

　　吃完了饭，乔新枝该铺床了，问江水君怎么睡。 江水君说：你每天怎么睡，还怎么睡，不要管我。 乔新枝极力把气氛弄得轻松些，说：总不能让你睡床底下吧！ 不料江水君说：让我睡床底下也可以。 乔新枝说：那好吧，你就睡床底下吧，让小火炭尿你一身。 她在床上铺了两个被窝，给江水君铺了一个被窝，她仍搂着小火炭睡一个被窝。 乔新枝给江水君留的被口跟她一头，可江水君没跟她睡一头，到另一头睡去了。 睡下之后，两个人暂时都没说话，各人想各人的心事。 外面起了秋风，沙尘打在门上叭叭响。 屋里很黑，煤火的灶口下面有一点微光。 坐在火炉上方的铁皮水壶咝咝作响，响声若有若无，如秋虫的低吟。 江水君想的是，他和乔新枝睡在同一张床上了，乔新枝已经是他的老婆了，这就行了。 至于别的，他一定得管住自己。 不能让乔新枝认为，他和乔新枝结婚，就是为了做那事。 他得尊重乔新枝，不能让乔新枝小瞧他。 矿上保卫科的人诬蔑他找乔新枝就是为了和乔新枝发生关系，他要以自己的实际行动向自己表明，就是和乔新枝结了婚，他也不急着和乔新枝发生实质性的关系。 长到二十多岁，江水君还没有跟任何一个女人有过肌肤之亲，他把那件事情看得非常重大，重大到有些害怕，如夜半临深池一般。 如果掉进深池里，他不知会怎么样，很可能就不是他了。 乔新枝想的是，看来江水君真是一个青头厮，没跟女人那个过，他还不好意思呢，还把自己的东西当宝贝，攥着宝贝不撒手呢！ 也许青头厮和处女一样，第一次做那样的事，都像是过一个关口，都比较艰难。 而只要过了关口，就没什么难的了，跟吃家常便饭一样了。 江水君不会到这头来找她，她得主动些，到那头去找江水君。 她毕竟是过来人，得帮助江水君通过关口，把江水君拉过来。

儿子睡着后，乔新枝来到江水君这头，睡进了江水君的被窝。她只穿一件裤衩。江水君的秋衣秋裤都没脱。乔新枝轻声问：睡着了吗？江水君说没有。是不是等着我呢？乔新枝又问，同时把江水君搂住了。这一次江水君没有回答，也把乔新枝搂住了，脸埋在乔新枝胸前。不知怎么回事，江水君身上有些抖，从里到外都抖，打摆子一样。乔新枝身上呼呼冒着热气，按说江水君应该觉得温暖，不会觉得冷，不应该发抖。江水君意识到了自己的抖，他想把抖禁住，竟禁不住。何止是发抖，他还有点儿想哭。乔新枝知道江水君的抖不是因冷所起，但她说：我好好给你暖暖，我的火力大。遂把江水君搂得更紧些，还像母鸡勾蛋一样，把江水君的头勾在自己下巴下面。江水君果然抖得小了些，他喊嫂子，嫂子。乔新枝说：谁是你嫂子，我是你老婆。以后不要再叫我嫂子，想叫我，就叫我的名字。那么江水君就叫了声新枝。乔新枝答应了，说这就对了。得到鼓励，江水君又叫了两声新枝。乔新枝说：你老叫我干什么？江水君说：我听听是不是你。是我吗？是你。是我怎样？不是我怎样？怎样也不怎样，是你就行。你应该找一个黄花大闺女。你就是黄花大闺女。你是个傻子，连是不是黄花大闺女都分不清。乔新枝把江水君背后的衣服揪了揪，问：你以前睡觉都不脱秋衣秋裤吗？江水君说脱。乔新枝又问：那你今天为啥不脱？江水君吭哧一下，说再等等。乔新枝说：还等什么，你不是说过想跟我好吗，现在可以好了，想怎么好，就怎么好。 来，我看你会不会。 江水君仍把乔新枝搂着不撒手，说：我觉得这样就很好，能搂着你，我就很满足。 乔新枝说：你满足，我不满足。 她摸到江水君的裤腰，示意江水君把秋裤脱下来。 这时江水君又说了一句话，使乔新枝顿时凉了半截。 江水君说的什么呢？ 他说：我怕对不起春来哥！ 这句话有些突然，像是充满寒意，打消了乔新枝的热情。 是的，在这间小屋里，原来和她同床共枕的是宋春来，现在变成了另外一个男人。 据说死者的灵魂无处不在，说不定宋春来正在黑暗的空中向她眨眼呢！ 江水君的话既毁掉了乔新枝的好意，也对他自己构成了打击，他心头一颤，几乎又抖起来。 其实，他所打击的目标不是乔新枝，正是他自己。 不错，他实现了打击自己的目的。 乔新枝没有再说话，停了一会儿，听见儿子在睡梦中叫妈妈，就起身回到儿子那头去了。 说起新婚之夜，人们总是想到冉冉红烛映双喜，香纱帐里卧鸳鸯，总愿意和喜气浪漫联系起来。 然而在秋风阵阵的某个夜晚，江水君的新婚之夜，一个人一生只有一次的新婚之夜，就是这样度过的。 他的新婚之夜，与人们的美好想象是多么不同啊！ 悲哀的人儿啊！

九

江水君在井下的日子不是很好过。 宋春来出事后，班长李玉山应该给江水君的采煤场子再配一个人。可是,班长没有给他配帮手,让他一个人包一个场子,擂煤,支柱子,都是他。这就是说,江水君一个人干的是两个人的活儿。宋春来活着时,班长是看宋春来不顺眼。现在宋春来死了,班长变成看江水君不顺眼,仿佛江水君成了宋春来的接班人。除了把难干的活儿分给江水君,除了把死去的宋春来的活儿也让江水君承担,工作面每次放过排炮后,班长都点着江水君的名字,命江水君到工作面上下查看一遍,有没有哑炮。查看哑炮本是放炮员的事,可班长点到他了,是"看得起"他,他不敢不去。须知此时的工作面煤尘弥漫,煤尘密度非常大,似乎伸手一抓就是一把。矿灯一照,煤尘如紧密团结的黑色蚊蠓在空中飞舞,扇动的却是闪光的翅膀,使矿灯的能照度不足一米。还有浓浓的硝烟味夹杂其间,仿佛整个工作面没有了空气,只剩下物质。在这样的条件下,江水君几乎不敢张嘴,一张嘴就涌进一口细煤。可由于空气稀薄,仅靠鼻子呼吸又不行,只能用嘴和鼻子同时呼吸。如此一来,江水君不仅把煤尘吃进了胃里,还把煤尘吸进了肺里。

班长这样"优待"江水君,江水君没有怨言,都默默地承受下来。也有工友看不过,让江水君不要听班长的。江水君笑了一下就过去了。他心里认为,自己受点罪是应该的。他不受罪谁受罪呢!自己受的罪再大,恐怕也换不回宋春来的一条命。班长再分活儿时,看到有难干的活儿,班长还没发话,江水君就主动上前,说:我在这儿干吧。工作面刚放过炮，班长不用再喊江水君，江水君已钻进煤尘滚滚的工作面去了。 江水君检查是否留下了哑炮，查得很仔细，对每一根炮线都追根求源，对每一个疑点都不放过。 这时的工作面状况也不好，危险比较多。 因为炸药崩塌了煤墙，有时也摧倒了棚子，工作面变得非常狭窄，要四肢着地，像爬虫一样爬着才能通过。 一不小心，就有可能被残余的冒落物砸到。 江水君不避艰险，照样查得很认真、很细心。 有一天，他真的查到了一个哑炮，马上向班长做了报告。 班长这次表扬了他，说他避免了一次哑炮事故，很好。 得到班长的表扬，江水君竟有些感动。

这天班长李玉山参加全矿的一个班组长会，没有下井。下午散会后，他又找乔新枝去了。 这时李玉山的老婆已经病死了，他还没有找到新的老婆。 他把老婆死的消息告给乔新枝，样子略略有些伤感。 伤感之后，他问乔新枝：你说我该怎么办呢？ 乔新枝说不出让李玉山怎么办，只是劝他不要太难过。 李玉山说：你看，我说过让你等等我，你也不等我，把一个机会错过去了。 乔新枝说：这不是等不等的问题，天下的女人千千万，谁也不必单等哪一个。 李玉山说：你说的千千万我没看见，我就看见你了，我就看着你好。 不怕你笑话，我在梦里都梦见你好几回了。 乔新枝，干脆咱俩好吧，我亲一下可以吗？ 李玉山说着，眼里的光焰已经起来了，嘴唇也蠢蠢欲动。 乔新枝说：不可以。 李玉山说：咱俩只偷偷好好，别让江水君知道。 你跟江水君该怎么过，还怎么过，我不干涉你们的生活，还不行吗？ 乔新枝说：那也不行！ 李师傅我很尊重你，你不该说这样的话。 李玉山的话让乔新枝深感惊异。 她不是惊异李玉山说了出格的话，而是想起宋春来在世时江水君对她说过的话，李玉山说的话跟江水君说的话竟有着惊人的一致。 从李玉山一开始说的他该怎么办，到说到老是梦见她，再提出跟她偷好，甚至连说话的口气和表情，都简直和江水君如出一辙。 她几乎产生了错觉，以为时间倒流回去，跟她说话的不是李玉山，而是江水君。 这给乔新枝的感觉很不好，难道事情转了一个圈子，又转回来了？ 她显得有些焦躁，问李玉山怎么没下井，李玉山说，他今天开会，所以没下井。 乔新枝说：听江水君说，你对他很不错，工作上很照顾他。 李玉山不知乔新枝说的是正话，还是反话，应付说：都是弟兄们，谈不上照顾。 乔新枝又说：我听你们班里的人说，别人都是两个人一个场子采煤，只有江水君是一个人包一个场子，不知是怎么回事？ 李玉山这回听出来了，乔新枝刚才说的是反话。 以前他没有看出来，原来这个女人心上是很有力量的，是在拿反话讽刺他。 李玉山不吃这个，说：不是别人让他包一个场子，是他自己愿意包一个场子，这没办法。 上次我跟你说话没说完，今天话赶到这儿了，我想我还是对你说出来，不说出来对不起你，也对不起宋春来。 我总觉得，宋春来是死在了江水君手里。 他停了一下，吸了一口烟，看了看乔新枝的反应，接着说，我分析江水君发现了哑炮，没有告诉宋春来，宋春来才把哑炮刨响了。 你想想看，江水君早不去解手，晚不去解手，偏偏他去解手那会儿，哑炮就响了，事情哪会那么巧！ 再往深里分析，江水君见宋春来娶了一个好老婆，心存妒忌，就借助哑炮，把宋春来除掉了。 宋春来一死，江水君就达到了目的，把老乡的老婆变成了自己的老婆。 李玉山以为，听了他的分析，乔新枝一定很吃惊，说不定乔新枝还会懊悔自己没看透江水君。 然而乔新枝没有显得吃惊，更没有表现出明显的懊悔，她只是低了一下眉，把儿子掉在地上的一个玩具给儿子拾起来，才说道：李师傅，你把话说重了，人命关天的事，说话得有凭据，没有凭据不能瞎说，瞎说是亏心的。 你这话说到我这儿就算了，不要再跟别人说了，说多了对谁都不好，别人会认为你有别的想法。 反正我认为我丈夫江水君是个好人，伤天害理的事他不会干。 李玉山在井下叱咤风云，说话总是压人一头。 在这里，他的话被一个女人的话压住了。 他一时想不出更有力的话反驳乔新枝，把烟把子吐在地上，用大脚踩灭，站起来出门去了。 走到门外才说了一句：女人见识！

李玉山走后，乔新枝也领着儿子下山去了。 她买了菠菜、白菜、豆芽、豆腐，还买了一瓶白酒。 井下湿气重，下井的人都爱喝口酒，家里不备瓶白酒说不过去。 回到家里看看表，估计丈夫快回来了，她开始做饭，炒菜。 饭做好了，菜炒熟了，她看了一次表，又看了一次表，迟迟不见丈夫回来。 表还是那只马蹄表。 宋春来出事后，表停了一段时间，还是江水君给表上了弦，表才继续走。 表走得还算准，每天的快慢误差超不过两分钟。 每天这个时候，丈夫都快该吃完饭了，今天怎么还没回来呢？ 她不敢多想，又禁不住多想，心一点一点揪起来。 她不是不明白，给煤矿工人当老婆，就得准备着等，准备着揪心。 因为井下的不可知因素太多，凶险也太多，运气稍差一点，男人就有可能隔在阴界回不来。 可以说煤矿工人老婆的日子就是等的日子，揪心的日子。 她们几乎每天都在等，应该很有耐心了吧？ 不是的，她们的耐心不是越来越强，而是越来越弱。 乔新枝终于等不下去了，她对儿子说：走，咱们去接你爸爸，看看他到哪儿打牛圈去了，怎么还不回来。 江水君的意思，不必让小火炭叫他爸爸，叫他叔叔就行了。 可乔新枝坚持教小火炭把江水君喊爸爸。 乔新枝的理由是，小火炭只会喊爸爸，不会喊叔叔。 江水君想起，那次过春节喝酒，别的老乡都让小火炭喊自己爸爸，只有他没好意思当小火炭的爸爸。 嘴上占了便宜的没当上爸爸，没好意思让小火炭喊爸爸的他，却真的成了小火炭的爸爸。 不过有一点江水君坚决不退让，那就是不给小火炭改姓，还让小火炭姓他亲爸爸宋春来的姓。

山上的小屋离井口二里多路，乔新枝抱着孩子还没走到井口，就见江水君迎面回来了。 不，不是看见，天已黑透了，她还没看见江水君，先听到了江水君的咳嗽。 江水君咳的声音很大，老远就听得见。 江水君这样的年龄，不应该咳得这样厉害，她不知江水君是怎么了，不会是气管和肺里有什么毛病吧。 一听见江水君咳嗽，乔新枝站下了，等江水君走近些，她让儿子喊爸爸。 江水君听见小火炭喊爸爸欣喜得很，他接过小火炭，又是亲，又是举高高，把小火炭逗得直乐。 乔新枝没有再问丈夫为啥回来得这样晚，晚，肯定有晚的原因。 既然丈夫平安回来了，她心里就踏实了。 一问可能又不踏实。 趁丈夫在亲儿子，趁天黑别人看不见，她也在丈夫脸一侧亲了一口。 儿子看见了，要妈妈也亲他。 乔新枝说好，妈妈亲你。 她和丈夫分别亲住儿子的两个脸蛋，一家三口搂在一处，亲在一处。 这个情景应该用一个剪影来表现，剪影是一个侧面，画面是黑，背景是白，那将是一幅多么其乐融融的景象！

因丈夫回来得晚一些，乔新枝等丈夫也等得时间长一些，他们像是经历了一个小小的离别。 为了"离别"之后的重逢，乔新枝建议丈夫喝一点酒。 丈夫喝，她陪着丈夫也喝。 她喝得吱儿咂吱儿咂的，故意喝得很香。 还跟丈夫碰杯，目的让丈夫多喝两杯。 两口子都喝了酒，喝得热血有些沸腾，乔新枝就不许江水君再穿着内衣睡觉，三下两下，就把江水君的秋衣秋裤和裤衩脱了下来。 江水君有些被动。 他愿意被动。 江水君处于下风，他感觉处于下风挺好的。 他的头蒙蒙的，似乎在膨胀着。 他的思维还在工作，知道重大的事情要发生了。 他突然对乔新枝说：等等。 说着坐起来，从床边拉自己的裤子。 这是干什么，把他的秋衣秋裤和裤衩脱下来了，难道他要穿上外面的裤子不成。 江水君没有把腿往裤腿里装，他从裤子口袋里掏出一个纸包，打开纸包，从里面拿出一只炮皮。 他说：别怀了孩子，我戴上这个吧。 炮皮，是在井下放炮时保护炸药卷用的。 一般来说，炸药卷外面包的是一层蜡纸。 蜡纸容易破损，黄色的炸药容易从破损处流出来。 特别是遇到炮眼里有水，水一冲，炮药更容易流失。 往炮眼里装炸药之前，在圆柱体的炸药外面套上炮皮，等于给炸药穿上了保护装置。 炮皮是用橡胶制成的，弹性好，柔韧性好，也比较皮实，不易弄破，对炸药可以起到很好的保护和防水作用。 那时避孕套尚未普及，还是稀罕之物，使用避孕套是极少数人的奢侈行为。 因炮皮与避孕套比较相似，能接触到炮皮的矿工就把炮皮当避孕套用。与避孕套相比，炮皮不是高级物品，是低级物品。 避孕套是乳白色，透明，比较薄，顶端有一个储精囊。 炮皮是黑色，比较厚，不透明，顶端一通到底，其直径也大一些。 炮皮有炮皮的特色，用黑色炮皮武装起来的阳物显得比较另类，好像还有一种霸气。 矿工中不乏想象力丰富的人，既然使用了炮皮，他们愿意将那件事情与炸药、放炮和爆炸联系起来，或干脆把做那种事情说成放炮。 如同埋地雷、点滚儿，他们一说放炮，老婆就明白怎么回事。 见江水君拿出炮皮，乔新枝一点都不惊奇。 她生过儿子后，宋春来为了避孕，为了保证儿子有奶吃，也曾使用过炮皮。 宋春来拿回的炮皮多，他们用不完，还曾拿炮皮给儿子当气球吹。 乔新枝没反对江水君使用炮皮。 江水君一再跟她说过，他们不再要孩子了，只集中力量把小火炭养大就行了。 要是再生一个孩子，两个孩子，他们难免分心，就不会一心一意照顾小火炭了。 乔新枝帮江水君戴好了炮皮，说好了，来吧！

十

　　乔新枝还是想为江水君生一个孩子，江水君娶她一场，对她这么好，她如果不给江水君生一个孩子，于江水君，于己，似乎都交代不过去。 度探亲假时，江水君带她和儿子回了老家一趟。 在江水君的周旋下，江水君的父母好像也认可她了。 从她是江家的儿媳妇这个角度讲，她也应该给江家生一个孩子，不然的话，她拿什么回报江家呢！ 就算生的孩子不一定是男孩，生个女孩也是好的。 有一天又来到床上，欲行房事之前，乔新枝态度不是很积极。 江水君很能体察到乔新枝的心情，问乔新枝怎么了，哪儿不舒服吗？ 乔新枝说没有不舒服，说：你别戴那东西了。 江水君已经把炮皮准备好了，他把炮皮扯了扯，恐怕有一尺长，问：你是嫌炮皮的皮太厚了吗？ 说罢，一只手松开，扯长的炮皮自动缩了回去。炮皮缩回去时，啪地响了一下，如同打了一个响指。 乔新枝低下眉，欲言又止似的犹豫了一会儿，才说：我不能看见跟炮有关联的东西，一看见我心里就不是味儿。 江水君一听就明白了，宋春来死于炮，乔新枝的心伤于炮，乔新枝对炮是忌讳的。 炮皮和炮的联系那么紧密，看见炮皮就想起炮，想起由炮酿成的惨剧，乔新枝心里不知有多难受呢！ 江水君懊悔极了，他没有埋怨乔新枝为啥不早说，只恨自己没人心，没有早一点想到乔新枝的忌讳。 他说：新枝，都怨我，我真该死！ 他把炮皮攥成一团，扔在地上，又说：新枝，我对不起你，我再也不敢了！ 炮皮扔在地上犹不解恨，他跳下床，捡起炮皮，扔进火炉下面的口里去了。 不一会儿，屋里就飘起了烧橡胶的气味。 江水君说的再也不敢了，包括再也不使用炮皮做避孕工具做那件事。 重新躺进被窝里，他只把乔新枝虚虚地搂着，一点动作都没有。 乔新枝没想到江水君的反应这么强烈。 她的目的是让江水君给她一个孩子，不用避孕工具就是了。 江水君可好，正如别人说的，她泼脏水，把孩子也泼掉了。 乔新枝还得把江水君往回扳。 她装作比江水君还生气，说怎么，我只说那么一句，你就不理我了？ 江水君说不是，他在心里骂自己呢。 乔新枝说：你说骂自己，谁知道你骂谁！ 你今天要是不理我，一辈子都别理我，谁离开谁都能过。 江水君说：不是我不理你，怀了孕怎么办？ 乔新枝说：你以为怀孕是那么容易的，十次八次都不一定会怀孕。 真的？ 江水君问。 乔新枝说：当然是真的。 怀孩子的事你得听我的，你个大傻瓜。 江水君情绪好转，愿意听乔新枝的，也愿意当傻瓜。 江水君"当傻瓜"当了几回，乔新枝就怀了孕。 转过年，乔新枝为江水君生下了一个白白胖胖的女儿。 女儿当然要姓江，江水君给女儿起了个名字叫江梅英。

日子过下来，可以说江水君和乔新枝越过越好。 一座煤矿的矿工有好几千，年年都有因公死亡的，有退休的，也有新工人不断补充进来。 那些新工人不知底细，看到江水君和乔新枝儿女双全，夫妻和美，像是看到了榜样，以为他们以后能过到这样就很不错。 班长李玉山调走了，调回老家的县城发电厂去了。 李玉山一调走，江水君的处境很快改变。他先是当上了矿上的劳模，接着当上了矿务局的劳模，后来又当上了省级劳动模范。 什么叫一步一层天，江水君的处境就是一步一层天。 江水君的主要事迹是一个人干两个人的活。 以此为基准，有人给他算出来，他一年干了两年的活，十年干了二十年的活。 他的事迹出现在报纸上，他就成了走在时间前面的人。 前面说过，江水君所在的采煤队有一个犯过男女关系方面错误的副队长，副队长后来升为队长，还兼着队里的党支部书记。 让江水君当劳模，主要是他的主意。一开始，江水君说什么也不当，说他不够当劳模的资格。 他不会忘记宋春来是怎么死的，他在内心深处一直把自己看成一个有罪的人。 一个有罪的人，怎么可以当劳模呢？ 可队长执意让他当，队长说：你为国家做出了贡献，你不当劳模谁当！ 江水君说了让这个当，让那个当，他自己还是不愿意当。 不当劳模，他心里还平衡些，一当劳模，他的心又得倾斜。 队长后来向他交了底：让你当劳模，对你有好处，对我也有好处。 你的好处是，可以披红戴花，长工资。 我的好处是，劳模出在我这个队，就是我培养出来的，就是我的成绩。 我有了成绩，就可以调出采煤队，重新回到科室去。这个话我只能跟你一个人说，你得配合我，不能拆我的台。话说到这个份儿上，江水君只得把当劳模的事承担下来。

当了劳模，江水君就得接受记者的采访，就得允许人家挖掘他的内心世界。 江水君有没有内心世界？ 有，只是他把内心世界隐藏着，谁都挖掘不出来。 他准备了一套假的内心世界，应付人家的挖掘。 他说他做的贡献并不大，国家却给了他这么大的荣誉。 为了对得起国家给的荣誉，为了不辜负各级领导对他的期望，他没有别的，只有拼命干活儿。他心里就是这么想的。 有人想多挖掘一点，比如问他，当劳模之前怎么想的呢？ 他的回答还是那一套话。 人家强调，问的是他在当劳模之前怎么想的。 他一时有些慌乱，不知怎样回答。 江水君绝不会提到宋春来，不会承认他拼命干活儿是在进行自我惩罚，自我虐待，自我救赎，连想到一点点他都赶快回避。 他的办法是按劳模的标准要求自己，更加拼命地干活儿。 工作面冒顶了，需要有一个人蹬着柱子，钻到高处的空洞里去堵冒顶，他说我来。 煤墙根发现了一枚哑炮，别人都不敢处理，他说我来。 接班的人来了，别人都走了，他不走。 他听说接班的人手不够，主动要求留下来，接着再干一班。 于是他又有了新事迹，不是一个人干两个人的活儿，而是一个人干四个人的活儿。

江水君回避不开的是他的梦。 有一个梦，他不知做过多少次了，内容大同小异。 说是他做梦，其实是梦在做他，因为他当不了梦的家，梦什么时候袭来，做到什么程度，都是梦说了算。 每次做这个梦，他都梦见自己曾经害死过一个人。 害死人家的动机不是很明确，反正是他把人家害死了。 害死的手段也很模糊，不知是药死的，还是掐死的。 害死的对象像是一个男孩子，又像是宋春来。 把人害死后，他掘地三尺，把尸体埋起来了。 那地方原是一个粪坑，土很肥，细菌很多，对人的尸体有着很强的分解和消化能力。 他想，要不了多长时间，少则三个月，多则半年，被他埋掉的人就会化为泥土，消失得无影无踪。 但他心里不是很踏实，每次走到那个地方，都要看上几眼，估计一下尸体消化的程度。 他还有些担心，担心这地方被人刨开。 被他害死的人像是他们村里的。 对于一个人突然失踪，那个人的家里人一直没有放弃寻找。 他们已刨了许多地方，迟早要刨到他埋死人的地方。 人们看他时，眼神不大一样，似乎早就对他有了怀疑，只待刨出证据，他就无话可说。 怕什么就有什么，一个偶然的机会，人家还是把那块地方刨开了。 他希望刨开后什么都没有，那样他害死人的事就成了永远的谜。 人家在那边刨地，这边他的心提到了嗓子眼。 他不能阻止人家刨地，也不能逃跑，只能硬撑着，存在着侥幸心理。 他稍有反常举动，只会加重人们对他的怀疑。 然而事实真让人恐惧至极，若干年过去了，那人的骨头没有化掉，衣服没有化掉，头盖骨上似乎还贴着一层脸皮。 因为有脸皮，人们很快辨认出来，这个人就是若干年前突然失踪的那个人。 有人说，快去打一盆清水，把死人脸皮上的泥巴洗一下，死人就会开口说话，死人一说话，就知道是谁把他害死的了。未等死人开口，江水君已吓醒了。醒后，他的心仍咚咚大跳，喘息不止，脊梁沟儿在呼呼冒凉汗。他在黑暗中眨眨眼睛，让眼底的金光冒了冒，认识到刚才是做了一个噩梦。他敢肯定，他没有害死过人，更没有把人埋在地底下，不管从地下扒出多少人，都与他无关。他难免想到宋春来，宋春来能算是他害死的吗？不能算吧。宋春来是自己刨到哑炮崩死的，哑炮也不是他埋下的，宋春来的死怎么能算到他头上呢！就算他发现了哑炮，没有告诉宋春来，宋春来可以自己发现嘛！宋春来自己发现不了哑炮，只能怪他没眼力，命不济。

江水君在黑暗中把自己宽慰了一会儿，翻了个身刚睡着，噩梦卷土重来。这个梦和上一个梦差不多，两个梦之间有重复性、连贯性，也有加重性。梦里着重指出，地下埋的人就是他害死的，他怎么赖都赖不掉。场景不知怎么转换到采煤场子里，两个人一个采煤场子采煤，而且整个工作面只有两个人，其中一个是他，另一个人像是宋春来，又不一定。到头来，两个人只有他剩下了，另一个人不见了。矿上的人怀疑，是他把另一个人害死，埋进采空区里去了。于是矿上动员了许多人向采空区掘进，要把失踪的人找回来。一掘进不当紧，结果掘出了许多冤死的人，可以说白骨累累，像万人坑一样。他有些庆幸，采空区里这么多死人，谁是谁害死的，恐怕分不清了。可是，上面派来的刑侦人员有办法，他们让全班的人排成队，每人把自己的手指扎破，扎出血来，往那些骨头棒子上滴血，如果红血被白骨吸收了，就可以证明死者是滴血的人害死的。 轮到江水君滴血，他把手指扎了一下，又扎了一下，却一滴血都没有。 他扎得很用力，手指头也不疼，只有点木不登的。 他把刑侦人员看了看，似乎找到了不参与滴血的理由，仿佛在说，手指头扎不出血来，他也没办法。 人家指出，他的手指头盖着盖儿呢，当然放不出血来。 他把手看了看，不知手指头的盖儿在哪儿。 人家认为他是装不知道，在故意拖延时间，决定帮他把手指头上的盖儿打开。 手指头的盖儿是什么呢，原来是他的手指甲，人家要用老虎头钳子把他的手指甲揭下来。 十指连心，据说揭指甲是很疼的。 人家捉住他的手，他有些挣扎，还啊了一声，才从梦魇中挣脱出来。 醒来后才发现，握住他手的不是别人，是自己的妻子乔新枝。 他又挣又叫，把乔新枝也惊醒了。

乔新枝拥住他，让他醒醒，问他是不是又做梦了。 他像是重新回到人间，回到亲人的怀抱，紧紧搂着乔新枝，把头埋在乔新枝胸前，再也舍不得离开。 他说：是做了一个梦。乔新枝没有问他做的什么梦。 不管他把乔新枝惊醒过多少回，乔新枝从不问他梦的内容是什么。 梦这种东西，他愿意讲，就讲。 他不讲，最好不要问。 做梦随便，说梦不随便。 不过这晚乔新枝说了一句话，让江水君吃惊不小。 乔新枝说：有些事情过去就算了，不要老放在心上，不要老是

跟自己过不去，自己折磨自己。 江水君不知乔新枝所说的有
些事情指的是什么。 听乔新枝的话意，像是有所指，比如宋
春来的事情。 难道他说了梦话，将把哑炮留给宋春来的事说
了出来，被乔新枝听去了？ 他没有问乔新枝，只说没事儿，
可能是他睡得不得劲儿，压住心脏了。

十一

江水君后来死于尘肺病，他死的时候年纪不算老，还不
到五十岁。 此时他们家不在山上的石头小屋了，搬进了山下
居住区的楼房。 在山上住的矿工还不少，比如爱弹琴的张海
亮，就一直在山上住着。 不知张海亮弹断了多少根琴弦，但
他弹断一根，又续上一根，琴声都没有中断过。 当工人的要
分到一套房子很难，因江水君是省级劳动模范，矿上就给了
他和采煤队长一样的待遇，分给他一套两室一厅的住房。 有
了建在平地上的住房，乔新枝就不用每天下山提水了。 水龙
头一拧开，清水就哗哗地流进水池子里。 虽然矿上仍是每天
供应两次水，但她每次都把水池子里的水蓄得满满的，用起
来方便多了。 山下有了房子，江水君每天下班后也不用往山
上爬了。 后来他往山上爬已成了一种沉重的负担，一抬脚往
山上登就气喘吁吁，上气不接下气。 不是他的腿有多沉，而
是觉得气不够使，如同一只无形的手掐住了肺管子一样。 山
不算高，和乔新枝刚结婚那会儿，他一口气可以跑上跑下，

如履平地。 后来他爬爬停停，需要歇上两三次，才能回到家里。 现在有了新房，他不必望山生畏。 两口子有了单独的房间后，乔新枝特意买了一张双人床，她和江水君天天都睡在一头儿，亲热起来方便多了。 可是有些遗憾，江水君的身体不行了，上一次乔新枝的身，比爬一座高山都难。 乔新枝的身体本来就是丰满型的，过了四十岁后，更显得丰满有加。 一个女人的身体再肥硕，也不能拿高山作比喻。 然而在江水君看来，乔新枝的确像一座高山。 站着像山，躺着也像山。 往往是，他还没爬到位，已经咳成一团。 等他爬到了位呢，早已累得大汗淋漓，动弹不得。 说实话，江水君还是挺想的，只是力不从心了。 毛病出在那里呢，出在江水君呼吸困难气不足上。 气力，气力，气跟得上，力才跟得上。那件事本来就是大喘气的事，喘得像牛，劲头也像牛。 江水君连小喘气都喘不均匀，还能有什么像样的作为呢!

乔新枝多次劝江水君到医院看一看，江水君不去。 矿上就有医院，看病又不用花钱，何必不去呢？ 江水君说他自己最了解自己，他没有什么病。 乔新枝说：你的气都快出不来了，还说自己没有病，你哄谁呢! 江水君说：我能吃能喝，一顿饭吃两个馒头，喝一碗汤，能有什么病! 乔新枝跟他急了，说：你不为自己，不为我，只为着两个孩子，也得到医院看看。 江水君这时候才说，他知道自己得的什么病。 乔新枝说他能得不轻，要是谁都知道自己有什么病，还要医生干什么。 江水君说，他就是喝煤面子喝多了，煤面子在肺里积攒下来，所以呼吸才有些不畅。 乔新枝说：那赶快想办法把煤面子弄出来呀！ 江水君说你以为人的肺是一只布口袋呢，可以把煤装进去，也可以把煤倒出来。 我听人说了，吸进肺里的煤面子细得很，比最细的面粉都细，细煤面子一吸进肺里，就贴在那里了。 尘肺病是煤矿工人的职业病，成天在煤窝里滚，谁的肺里不装几两煤面子，得尘肺病的多了去了，不值得大惊小怪。 乔新枝说：你这样说，干等着煤面子把肺灌满就完了。 江水君说没关系，再过几年，等他一退休就好了。

直到有一天，江水君患感冒感染了肺部，晕倒在井下，人们才把他送到医院做了检查。 检查出结果后，医生就安排他住院，没再让他出来。 结果表明，江水君的自我判断是对的，他确实得了尘肺病。 只不过，他的判断比较轻，诊断得出的结果比较严重，严重得到了一个最高的级别。 用医生的话说，积存在江水君肺泡里面的煤不是粉末状态，完全纤维化了。 换句话说，他的两叶肺已不是正常人的肺，基本失去了呼吸的功能，肺被异化成了两块沉甸甸的煤。 把这样的肺拍成胶片，迎光一照，可见两块肺是乌黑的。 把这样的肺制成剖面标本，横断处如起伏着道道蕴煤的山脉。 这样的肺经不起任何合并性炎症，炎症一起，十有八九会危及生命。 江水君临死之前，趁只有乔新枝一个人在身边时，他要跟乔新枝说件事，这件事在他心里压了二十多年了，要是不说出来，他死了也不得安宁。 这时他呼吸已经非常困难，每说一句话就得张着嘴喘半天。 病房备有大容积的氧气钢瓶，输氧管也插在他的鼻孔里，可他就是吸不进去。 乔新枝紧紧握住他的一只手，要他什么事都不要说了，留着那口气，还不如多活一会儿呢！ 江水君把他的手从乔新枝手里抽了回去，两手抓自己的胸口，似乎要把胸腔抓破，把肺或者心掏出来。 乔新枝赶紧把他的两只手都夺住，说：水君，水君，你这是干什么！ 乔新枝流了泪，江水君也流了泪。 到底，江水君还是把那件事说了出来。 他说，他看见了哑炮，没有告诉宋春来，自己躲了起来。 他对不起宋春来，也对不起乔新枝。

　　听了江水君拼出最后一口气说出的话，乔新枝平平静静，一点都不惊讶。 她拿起毛巾给江水君擦泪、擦汗，说：这下你踏实了吧，你真是个孩子！

　　　　2006 年 11 月 26 日至 12 月 29 日于北京和平里

黑暗中的发现光亮

—— 刘庆邦中篇小说管窥

何向阳

刘庆邦的小说一直以细节见长，从某个方面而言，也可以说一直以人物的心理变化的幽微刻描见长。这可能是与他一直以来擅长于写短篇小说有关，一直以来，刘庆邦被评论界以"短篇小说之王"相称，短篇小说练就的一身功夫，放到中篇小说当中，也同样显示出它的威力不凡。

而从另一个角度讲，从1981年发表于《莽原》杂志的写煤矿的中篇小说《在深处》开始，刘庆邦一直有两套笔墨，一方面记录乡村以及乡村人40多年间的时代变化，另一方面仍不遗余力地记述他从心底关注的矿工生活。曾经当过矿工的他，在成为作家之后，从未让这个生活的"富矿"被别的生活所掩埋，这是他意识的最深层的东西，而那些和他共同"在深处"工作过的矿友，则是他心念牵动的对象。理解了这一层，就完全可以理解，为什么刘庆邦在短、中、长篇中，都有描摹矿工的生活篇章，而那些生活虽在他个人的经历中渐行渐远，却在他的心底从来不曾远离和冲淡，就像一个显微镜拿在手里，执镜人总想看看那些埋在深处的东西，那些也许被其他突如其来的经验掩盖了的、忽略掉了的东西。

《神木》引人注目的是它写出了随着时代的疾速变化而带来的人心的变化。这种变化源于商品经济过程中，或者说现代化进程中的人心之变，人为了钱，为了致富，为了一夜暴富，而将传统乡村的基本伦理抛掷脑后。对这种人心之"恶变"的捕捉，则显现出作家的敏锐。刘庆邦为我们带来的故事是沉重的，但他的书写却是丝丝入扣，着重于对于事件中人的心理状态的剖析，对于事件中人的心灵中尚存的一丝善的希望的挖掘，细致地，犀利地，让我们在感受到人受恶的吸引而致的人性变异的"黑色"同时，有力地提示我们"贫穷作为万恶之源"对于人性的伤害。从这个意义上讲，事件中的作恶者其实也同时是"受害者"，这种悲悯的态度值得关注。现代化的最终目的是人的现代化，而不是物的现代化，刘庆邦也许不是理性地认识到这一点，但他以他细致入微的笔触展开对人心善恶的探索，体现了一个作家对于时代深层变化中的人心注目的责任。这种注目预先提醒我们在现代化进程中更应在价值观上着力维护人心的纯正。这也是一个作家应该承担的使命。

《哑炮》从某种程度上让我们看到《神木》思考的发展。这部小说较之《神木》是直写矿工生活的。这个煤矿不再是小煤窑，而是真正的煤矿。围绕煤矿生活在文学史上已有不少名篇，但刘庆邦的这篇小说与众不同。它仍然着力于事件之后的人性挖掘。 这部小说围绕女主人公乔新枝写了四个男性，宋春来、张海亮、李玉山、江水君。 在宋春来矿难去世后，平日对乔新枝怀有好感的三位男性先后示好，但乔新枝选择了江水君，他们结合后的日子平稳而温馨，但这平静背后却深埋着江水君的忏悔，江水君当时与宋春来一起在井下劳作，因知哑炮之事而未告知宋春来，造成了悲剧的发生。这个心病一直在他心底，使他一人在井下干四个人的活，而拼命劳作又使他成了省级劳模，直到他的心底之"痛"变成了身体之病，而在最后的时刻，江水君终向乔新枝坦白心迹。 他说，他看见了哑炮，没有告诉宋春来，自己躲了起来。 他对不起宋春来，也对不起乔新枝。 听了江水君拼出最后一口气说出的话，乔新枝平平静静，一点都不惊讶。 她拿起毛巾给江水君擦泪、擦汗，说：这下你踏实了吧，你真是个孩子！

　　江水君终于和盘托出，并在和盘托出当中获得了解脱，但是他对宋春来的死真负有责任吗？ 看从哪个角度讲。 从事件本身而言，江水君有着知而不提醒的责任，出于个人的目的他隐瞒了真相，从一个人的正直的心来看，他的确有责任。 这是一种对于他者生命的珍视和尊重的做人的责任。所有的负罪感即源于这种内疚，这种从伦理学的意义上讲不可推卸的对他者生命的尊重与护佑责任，是每一个个体生命都应本来具备并自觉承担的。 而未能做到这一点，不管是出于哪种私心，都是对伦理道德这一底线的失守。 江水君是一个本分而善良的人，他在生命垂危之际，毅然找回了这种本真，重新守住了道德的底线。 小说写到此，已十分精彩，而更让人动容的是，乔新枝的回答将这真相揭开之后，有一种更大的视野与胸襟，作为妻子，她或许早已猜到了江水君的心事，但她仍然以救赎之心与之结合，而在他的心中发掘善良，这种女性对于人性的护佑让我们看到了母性一般的悲悯情怀。

刘庆邦善于从具体的事件中发现人的本质，从也许并不是那么完满的现实中发见人之成为人时所做的种种努力。 作为一个作家，他的视点似乎一直是那些他所经历过的生活中的同伴，然而我们的镜头拉开，他写的其实也并非一个煤矿、几个矿工，或是在乡村中求生计的人，他经由这样一些具体的事件写出的人性，何尝不是我们身心所挣扎过的。 经由一场场心理的较量与人性的洗礼，那些暗的东西渐渐地退到后面，那些光亮慢慢地得以呈现了。

就像煤，这看似黑的东西，它燃烧时发出的光芒，也会把周遭照亮。

2019.12.28 兴化

图书在版编目（CIP）数据

神木/刘庆邦著；何向阳主编. -- 郑州：河南文艺出版社，
2020.3

（百年中篇小说名家经典/何向阳总主编）

ISBN 978-7-5559-0653-7

Ⅰ.①神… Ⅱ.①刘…②何… Ⅲ.①中篇小说-小说集-中国-
当代 Ⅳ.①I247.5

中国版本图书馆 CIP 数据核字（2018）第 026564 号

丛书策划 陈 杰 杨彦玲

本书策划 王甲克 责任校对 丁淑芳

责任编辑 王甲克 责任印制 陈少强

丛书统筹 李亚楠 书籍设计 书籍/设计/工坊
刘运来工作室

神木
SHEN MU

出版发行 河南文艺出版社
本社地址 郑州市郑东新区祥盛街 27 号 C 座 5 楼
邮政编码 450018
承印单位 河南瑞之光印刷股份有限公司
经销单位 新华书店
开 本 787 毫米×1092 毫米 1/32
印 张 7.25
字 数 137 000
版 次 2020 年 3 月第 1 版
印 次 2020 年 3 月第 1 次印刷
定 价 27.00 元